小公子

總導讀

打開世界文學經典，進入生命的另一個層次！

——新樹幼兒圖書館 館長 蔡幸珍

文學經典之所以成為經典，是因為這些世界名著經過時間的淘洗與淬煉之後，能歷久不衰並轉化成各種形式的「變裝」，例如：卡通、電影、芭蕾舞蹈、音樂、漫畫、手機遊戲、桌遊……等，繼續活躍在這世界的舞台上。

時代會變，社會在進步，科技也以十倍速更新，然而亙古以來的人性卻沒有顯著的變化，幾百年前能感動、震撼、取悅、療癒人心的世界名著，在幾百年後，依然能深深打動世人。

完整的文學經典出版計畫

小木馬文學館這一系列的世界文學經典作品，是由日本第一流的兒童文學研究家，以及國內的傑出譯者以生動活潑的現代語言譯寫，並且附有詳細的注釋、彩頁插畫、作者介紹、人物關係圖、故事場景和地圖……等等。從這些規畫與細節，可以看到編輯群的用心與貼心。

每個時代的生活用語與文物不盡相同，書中圖文並茂的注釋讓讀者能跨越時空、地理與文化的差異，減少與文字的距離和陌生感，更容易進入故事的時空情境當中。書中的介紹讓讀者了解作者的生平與創作背後的故事；人物關係圖釐清了解各個角色之間的關係，譬如：《希臘神話》中的哪個天神和誰生下了誰，誰又是誰的兄弟姊妹，這個英雄又有何來頭，天神之間錯綜複雜的關係，一張人物關係圖就能幫助讀者腦筋不打結；故事場景和地圖則提供清晰的地理線索，不論是將來實地去故事誕生之地拜訪遊玩，或是在腦海中遨遊都格外有趣。這些林林總總的補充資料，我稱它們為「作品懶人包」，讓讀者無需上網一一去搜尋相關的背景資料，提供了一條深入了解作品的捷徑。

體驗經典的文字魅力

閱讀小木馬文學館一本又一本的世界名著時，我彷彿坐上時光機，回憶起與這些「變裝」後的世界名著相遇的點點滴滴。

《湯姆歷險記》以卡通的型態出現在老三臺的電視裡，吹著口哨的湯姆計誘朋友以珍藏的寶貝來換取刷油漆的工作，湯姆．索耶聰明淘氣的形象深深的烙印在我的腦海中；《紅髮安妮》每隔十幾年就被翻拍成電視劇或是電影《清秀佳人》；《格列佛遊記》藏身在國小的課文中，一年又一年，格列佛在課本裡，全身被釘住，上百支箭射向他；我在舞台上遇見了《莎士比亞故事精選集》中的羅密歐與茱麗葉；《悲慘世界》以音樂劇的形式在我的心中投下震憾彈；《偵探福爾摩斯》則讓年少的我躺在涼椅上抱著書不放，度過一整個暑假。我與希臘眾神的相遇則是在台東大學兒童文學研究所的「神話與童話」課堂中、在希臘愛琴海上的克里特島上。

小時候的我，看過「變裝」後的世界名著，現在再讀小木馬文學館以「書」的形式登場的這些名著時，著實被這些作品的文字魅力深深吸引住。「書」和卡通、電視電影等影音媒體大大不同，以水果來比喻的話，書就是水果，而卡通、電影是果汁。看書像是吃原味的水果，而看卡通、電影就像喝果汁，有些營養素不見了，口感也不同了！

比方說，在《湯姆歷險記》卡通裡，看不到馬克・吐溫寫的「不好的回憶就像寫在海灘上的字，幸福的大浪一捲來，馬上就消失無蹤。」在《清秀佳人》卡通裡，看不到「我現在來到人生的轉角了，雖然走過轉角後不知道前方會有什麼在等待著，但我相信一定是燦爛美好的未來，這又是另一種樂趣了。」這樣精采的字句，因此我誠心建議曾經與「變裝」世界名著相遇的人，千萬別錯過原著的文字世界。

閱讀，讓生命變得不同

小木馬文學館將這一系列世界名著的定位為「我的第一套世界文學──在故事中體驗冒險、正義、愛、歡笑與淚水」，兼具趣味性、易讀性、知識性、文學性，並展演出各式各樣的人性，冀望能為小讀者開啟人生第一道文學之門。我也極力推薦大人們和小朋友一起閱讀這系列書，一起聊聊書，在書中探索人心的神祕、奧妙與幽微之處，也一起認識這世界的種種不幸與美好。

法國的符號學者羅蘭·巴特說：「閱讀不是逐字念過而已，而是從一個層次進入另一個層次的過程。」

我也認為閱讀是一種化學變化，讀一本書之前和讀了一本書之後，讀者的生命將變得和原本不一樣了。看《悲慘世界》時，可以看到未婚生子的女工在底層環境裡養育孩子的辛苦，了解社會底層人士的生活樣貌；讀了《紅髮安妮》之後，也可以學習安妮正向樂觀的生活態度，對生活保持高度好奇心，並對周遭世界施以想像的魔法，讓世界變美麗！看《湯姆歷險記》時，才知道在現實生活中自己可能是乖乖牌席德，但內心其實很想扮演湯姆．索耶，偶爾淘氣、搗蛋、半夜去冒險。

書本能誘發我們的人生成長，而經典更絕對是最佳的催化劑。打開書吧，讓我們透過一本本世界文學經典的引領，進入生命的另一個層次！

前言

愛、真心與體貼——一個高潔靈魂的故事

本書最早名為《小公子方特洛伊》，故事發生在十九世紀的英國和美國。是在美國獨立戰爭後，為堅守傳統的英國與充滿活力的新國度美國搭起友誼橋梁的名作，故事的背景也與作者柏納特夫人的生平有很深的關聯。

法蘭西絲．霍森．柏納特夫人一八四九年出生於英國的曼徹斯特，她四歲喪父，之後隨著家人移居美國，長大後為了支撐家計，決定以寫作維生，在十七歲那年出道成為作家，接連發表了許多著作。這本《小公子》是她在一八八六年發表，以次子維維安為原型，專為兒童而寫的故事，很少有一本書能像它這樣受到全世界的孩子們喜愛。

不僅情節高潮迭起，更是以人類崇高純潔之愛貫穿全書。

小公子方特洛伊從不懂得要懷疑他人，擁有坦率又高潔的靈魂，溫柔體貼的心，還有與母親相互支持的深厚感情……讀完之後，令人心情變得無比澄澈美麗。

所謂的好故事，正是如此。

冰島
英國
曼徹斯特
利物浦
倫敦
巴黎
法國
西班牙
葡萄牙
大西洋
摩洛哥
阿爾及利亞

小公子的故事場景

加拿大
西雅圖
魁北克
新港
芝加哥
紐約
美國
華盛頓
諾克斯維爾
舊金山
洛杉磯
紐澳良
加利福尼亞半島
墨西哥
加利福尼亞灣
N
太平洋
0
2000km

晴天霹靂的消息

塞卓克並不太清楚父親的事。由於父親很早就去世了，塞卓克只從母親那兒聽說父親是英國人，記得他有一雙**湛藍的眼睛**、脣上有兩撇**八字鬍**，印象中十分高大。

自從父親去世以來，塞卓克幼小的心也明白最好不要在母親面前提到父親，因為只要一問起父親的事，母親總是淚漣漣。

塞卓克跟母親很少與人來往，在旁人看來，他們似乎很寂寞，但塞卓克一點也不這麼覺得。

長大一點後，塞卓克才知道原來母親從小就是孤兒，結婚之前，她無依無靠，一直是孤身一人。

塞卓克的母親長得非常漂亮，少女時代曾跟在一位有錢的老婦人身邊，幫忙打點生活起居。只是那位老婦人並不好相處，令她很辛苦。

有天，前來拜訪老婦人的塞卓克·艾羅爾**上尉**撞見眼眶蓄滿淚水，奔上樓梯的美麗少女。自那日起，少女的身影就一直縈繞在他的腦海中，久久難以忘懷。

之後發生了很多事，他們兩人才終於明白彼此的心意，相知相愛，最後成為夫妻。然而，這樁婚事在某些人眼中卻不是值得祝福的。其中最反對的，就是上尉遠在英國的父親。

上尉的父親是**貴族**，非常有錢，脾氣暴躁，最痛恨美國與美國人。

湛藍的眼睛（第15頁）
眼球瞳孔周圍的眼膜，虹彩缺乏咖啡色的色素，因此會反射藍光，使眼睛看起來是藍色的。

八字鬍（第15頁）
上嘴唇的鬍子，有兩撇，看起來像「八」，因而得名。

上尉
軍隊武官階級之一，為中階軍官。

艾羅爾上尉還有兩位兄長。根據英國的法律，貴族的爵位及財產全都由長子繼承，如果長子不幸去世，就按年齡順序由長至幼繼承。因此，艾羅爾上尉雖然出生在有錢人家，卻沒有可能得到這些財富。

雖說如此，艾羅爾上尉卻擁有哥哥們所不具備的特質：端正俊美的五官、挺拔結實的體魄、開朗耀眼的笑容，更難得的是，他具備勇氣，個性好又溫柔體貼，因此無論是誰，只要見過他，都會忍不住喜歡上他。

他的兩個哥哥卻完全相反，長得既不好看、個性也差，且一點也不聰明。當他們還是**伊頓公學**的學生時，同學就不怎麼喜歡他們；進入大學後，他們也不用功讀書，整日只是遊手好閒，肆意花錢玩樂，根本就沒有真正的朋友。

貴族
家世與身分尊貴，擁有龐大土地、財產的特權階級。

伊頓公學
Eton College，位於英國東南部伊頓鎮的知名學校，一四四〇年由亨利六世創設。為了預備就讀牛津大學、劍橋大學的上流階級子弟接受紳士教育的住宿制私立學校。

他們的所作所為，總是讓他們身為**伯爵**的父親痛心失望，感到丟臉。可能繼承家業的兩個兒子是這副模樣，他已經可以預見將來他們不僅無法光大伯爵家的名聲，甚至很有可能變成沒有男子氣概、粗俗、任性，只知道揮霍金錢的無用的人。

相比之下，他無法給予任何財產的小兒子艾羅爾，竟然獨佔了魅力、勇氣與出色外表等迷人的特質，老伯爵只要一想起這件事，忍不住就悲從中來。有時他甚至憎恨起小兒子，因為他心底認為，艾羅爾才是最適合繼承伯爵的爵位以及龐大財產的人，可偏偏沒資格。

雖說如此，伯爵頑固的內心深處還是無法不愛這個小兒子。他之所以讓艾羅爾去美國旅行，也只是因為一

伯爵
貴族位階的稱號之一。爵位依序分為公爵、侯爵、伯爵、子爵、男爵。

時不痛快，想藉此發洩心中那把無法撲滅的悶火罷了。

伯爵想，把艾羅爾暫時送到見不到面的遙遠國度，不用拿他跟他那兩個不成材的哥哥比較，至少自己會好過一點吧。

但是，半年過後，伯爵開始覺得寂寞，實在很想念艾羅爾，於是又寫信命令他馬上回來。

沒想到，伯爵寫的信還沒有送達，就收到了艾羅爾上尉的來信。信上說他愛上了一名美國女子，想要跟她結婚。

伯爵大為震怒，立即又寫了一封信告訴艾羅爾，不准他再回家，也不必再寫信回家，今後他在哪裡過著怎樣的日子、死在那裡，都沒有人會在乎，他們父子之間的緣分就此了斷。只要自己還有一口氣，他就不要妄想能夠得到任何援助。

艾羅爾上尉讀了這封信後，非常難過。他深愛英國，打從心底深愛著家鄉美麗的家園。儘管父親的脾氣暴躁，他仍然敬愛父親，甚至覺得一直以來為了三個孩子傷心失望的父親很可憐。

但是讀了這封信，他知道自己再也無法得到父親的愛了。

一開始，他非常徬徨，不知該如何是好。他自幼家境優渥，從來沒有人告訴他要工作養活自己，所幸他仍擁有勇氣和決心。

首先，他賣掉手中持有的**英國陸軍士官的股份**，經歷了千辛萬苦，總算在**紐約**找到了一份差事，接著才終於結婚。

跟以前在英國養尊處優的生活相比，現今的生活水準實在差太多。但是，年輕的艾羅爾相信，現在雖辛苦，這一切經歷將來一定能有助益的。

他與心愛的女子結婚，兩人住在一個寧靜的小鎮。不久，他們的孩子誕生了，是個可愛的男孩。雖然

英國陸軍士官的股份

從前在英國，陸海軍的士官委任令可以像股票那樣買賣。擁有委任令，就可以有一定的地位與身分。名門為了無法繼承家產的兒子，盛行投資軍隊，換得士官的資格。

生在簡樸的家庭之中，但天底下沒有任何一個孩子比他還要幸福。小男孩身體健康，而且十分可愛、討人喜歡。他有一雙棕色的大眼睛，長而濃密的睫毛和一頭蓬鬆的金髮，半年後更長成了一頭漂亮的鬈髮。

小男孩非常不怕生，只要有人來逗他，他就會睜著那雙漂亮的棕色大眼睛盯著對方，露出足以融化人心的可愛微笑。所以，這個寧靜小鎮的居民都很喜歡來逗弄這個孩子，就連街角那家食品雜貨店最難相處的老闆也很喜歡跟他玩。

小男孩又長大了一些，總是穿著一件白色短衣，斜斜的戴著一頂大大的白色帽子，拉著玩具小車跟保母一起出來散步，他既可愛又美麗，路上的人們都忍不住停下來觀賞。

紐約

位於美國東北部大西洋岸、全美國最大的都市。作為與歐洲的貿易港口，也是世界經濟、金融的中心。市中心的曼哈頓島上高樓大廈櫛比鱗次，聯合國總部、百老滙劇院皆在此處。（請參考卷首地圖。）

保母帶他回家時，會開心的對艾羅爾夫人回報說：

「今天有一位搭乘馬車的貴婦人看到我們的小少爺，特地命令馬車停下來，下車跟小少爺說話呢。小少爺一點也不怕生，就像跟人家認識很久似的，親膩的與人家對答，逗得那位貴婦人好開心。」

這孩子之所以如此受人喜愛，正是因為他個性開朗、勇敢無懼又親人，跟任何人都可以變成好朋友。他不曾有懷疑之心，只有想讓別人開心的體貼和溫柔。再加上他的父母非常相愛，他從小耳濡目染，自然也學會了這樣對待他人。

他在家中從未聽過一聲惡言惡語，總是備受疼愛，他那幼小的心靈，總是天真無邪、純粹美麗。

小男孩聽到父親總是溫柔的叫喚母親，也跟著模仿；看到父親關懷母親，也學會對母親呵護有加。

因此，當小男孩見到父親去世後，母親終日以淚洗面的樣子，他那幼小的心中想著，一定要盡可能讓母親開心起來才行。

母親是塞卓克最好的朋友，兩人總是一起散步、聊天、玩遊戲。

塞卓克很小就學會識字，有時甚至會閱讀大人看的書或報紙，還經常說出讓人意外的奇妙感想，逗得大人開心大笑。

某天，保母梅亞莉對雜貨店的老闆說：

「小少爺真是愛逗人開心。前陣子，宣布新**總統**當選後，他來到廚房，兩隻手插在口袋裡，站在爐火的前面，那副景象簡直美得像一幅畫！你猜他接下來說什麼？他說：『梅亞莉，我支持**共和黨**，媽媽也是，你也是嗎？』然後我說：『不是喔，我可是很忠心的**民主黨**支持者。』結果他一臉可憐兮兮的抬頭盯著我說：『這可不得了啊，這樣國家會滅亡的。』之後，為了讓我改

總統

由國民選出，特定任期內的共和國元首。美國的總統任期為四年，作為行政的首長，擁有統帥權、外交權等強大的權限。第一任總統是約翰・華盛頓，於一七八九年就任。

共和黨和民主黨

美國的兩大政黨。民主黨以南部為主要勢力範圍，於一八二八年建黨。至十九世紀中葉為止，美國大多是民主黨的候選人成為

支持共和黨，他每天都來跟我論戰呢。」

梅亞莉打從塞卓克一出生，就一直陪伴在他母親身邊，塞卓克的父親去世後，包括飲食起居、照顧孩子等事，全都由她一手包辦。

梅亞莉對塞卓克視如己出，非常疼愛他，而塞卓克也是她的驕傲。

「我把夫人的舊衣拿來改成小少爺的，當他穿著**黑色天鵝絨**的套裝，走在路上的時候，小小的頭挺得直直的，一頭金色的鬈髮隨風吹拂簡直就像個小小貴族，每一個人都忍不住回頭讚嘆。」

不過，塞卓克不知道貴族為何物。他最要好的朋友霍布斯先生，也就是街角那家食品雜貨店的老闆，最討厭貴族。

總統。共和黨以北部的工商業者、資本家的支持者為基礎，於一八五四年建黨，致力於黑人解放的政策。一八六〇年由林肯當選總統，自南北戰爭後，勢力大幅度增長。

黑色天鵝絨
由絲、綿、毛等材料織就，表面有絨毛，觸感柔軟，擁有獨特光澤的布料。

塞卓克非常尊敬霍布斯先生，覺得他既富有又偉大。因為，他的店裡面有好多商品——除了**李子**、**無花果**、橘子、餅乾之外，他還擁有馬跟貨車。

塞卓克也喜歡送牛奶的人、麵包店老闆、賣蘋果的老婆婆，但他最喜歡的還是霍布斯先生。他每天都去拜訪霍布斯先生，然後坐在店裡好長一段時間，跟他聊天。

兩人的話題相當豐富，內容多到驚人。其中，他們最喜歡談的就是七月四日的**獨立慶典**。只要一聊到這個話題，兩人就會沒完沒了。

霍布斯先生很討厭英國人，所以他鉅細靡遺的告訴塞卓克有關獨立戰爭的事。有時他對塞卓克發表完長篇大論的愛國演說後，還會背誦一段獨立宣言。

李子

薔薇科落葉小喬木，高度約五公尺以上，春天會開出五瓣白色小花，果實呈球狀，味酸甜。夏季果實成熟呈紫紅色或黃色，可食用。

塞卓克聽得入迷，雙眼閃閃發亮，興奮得兩頰緋紅，一頭金髮汗溼。認真聽完霍布斯先生說的話，回到家後，他迫不及待要跟母親說這些事，甚至無法等到吃完飯再說。

塞卓克之所以會這麼關注政治，無疑就是受到霍布斯先生的影響。

某次選舉，塞卓克相當熱中，甚至擔心如果沒有他跟霍布斯先生的話，美國會不會滅亡。這次選舉結束不久，發生了一起事件，大大的轉變了這時年約七歲的塞卓克的命運。

恰巧的是，那正是塞卓克跟霍布斯先生談論英國與英國**女王**的那一天。霍布斯先生大罵貴族，尤其是針對侯爵和伯爵等，他更是滿肚子怒火。

無花果

小亞細亞原產的桑科落葉小喬木，葉片與莖部切割後會出現乳狀液體。於夏秋結果，花則生長於果內，其葉可作為藥用。

那是一個炎熱的早晨。塞卓克跟朋友玩完軍隊遊戲後，來到雜貨店打算稍作休息。霍布斯先生正在閱讀有宮廷儀式插畫的《**倫敦插畫報**》，滿臉不快。

「哼，這群人現在還這麼為所欲為？總有一天他們一定要吃苦頭。什麼侯爵、伯爵，以往被他們踐踏在腳下的那群人一定會起來反抗，給這群壞蛋一頓教訓。」

塞卓克正如往常那般坐在高腳椅上，為了對霍布斯先生表達敬意，他把帽子往腦後方拉，雙手插在口袋裡，對霍布斯先生問：

「伯伯，您認識很多侯爵跟伯爵嗎？」

「不，我才不認識，那種人有什麼好認識的？他們要是膽敢踏進我的店，我就要他們好看。像他們那樣貪婪的暴君，就連那邊的餅乾箱子我也不請他們坐。」

獨立慶典（第26頁）

英國的殖民地美國為了獨立，引發的戰爭稱為「獨立戰爭」。自十七世紀初以來，以廣大的土地與自由的風氣為基礎，日漸發展的美國，於十八世紀時，因不堪英國的各種課稅與限制，逐漸與英國對立。一七七五年雙方開戰，一七七六年由十三州舉辦的大陸會議中所採納的「獨立宣言」公布於世。由傑弗遜所起草的這份宣言中，除了獨立的理霍布斯先生一臉高傲的環視四周，因激動而滿頭大汗。

塞卓克雖然不是很清楚原因，還是同情那些侯爵、伯爵悲慘的遭遇，他說：

「但是，伯伯，我相信他們一定是在不知情的情況下成為貴族的吧。」

霍布斯先生搖頭說：

「為什麼要同情他們？那些傢伙自私又蠻橫，是非不明，全都是一群飯桶。」

就在兩人聊著天的時候，梅亞莉突然走進店裡，神情跟平常很不一樣。

「小少爺，請您回家，夫人有事找您。」

塞卓克從高腳椅上滑下。

由之外，還提倡「自由·平等·博愛」等人類的基本權利，成為美國建國的基本理念。公布宣言的七月四日就訂為獨立紀念日，每年都會舉辦獨立慶典。

「梅亞莉，你跟媽媽到哪裡去了？伯伯，那我要回家囉，再見。」

塞卓克回到家一看，發現門前停了一輛馬車，母親正在客廳裡跟客人說話。

梅亞莉急急忙忙的把塞卓克領到二樓，讓他穿上外出的衣服，替他把一頭鬈髮梳理整齊。

塞卓克換完衣服後，下樓走進客廳。他看到一名高大瘦削，一臉嚴肅的老紳士正坐在扶手椅。一旁的母親臉色蒼白，滿臉愁容，仔細一看，她的眼中竟然蓄滿了淚水。

「哦，塞迪！」母親大喊他的小名，衝過來緊緊抱住他，然後親吻他，彷彿在懼怕著什麼，一臉擔憂。

老紳士從椅子上起身，銳利的目光一直盯著塞卓

女王（第27頁）

英國的國家元首。如果是男性，則稱之為國王。這篇作品的故事背景，是英國在維多利亞女王統治之下（一八三七年～一九〇一年）的全盛時期，英國的國力大增，掌握了世界工商業的霸權，殖民地遍布全世界，在文藝方面發展興盛，又稱為維多利亞文化。

克，邊用那隻骨瘦嶙峋的手摸著尖尖的下巴。

從他的表情看來，他似乎不討厭眼前的孩子。

接著，他開口緩緩說道：

「所以，這位就是方特洛伊公子吧。」

《倫敦插畫報》（第28頁）
十九世紀創刊，以版畫的插圖為主的週刊報紙。

塞卓克的朋友們

接下來的一週，塞卓克是在一連串的驚訝中度過。他從未經歷過如此不可思議的事，幾乎要懷疑是不是在作夢。

首先，母親告訴他的話，讓他不敢置信。就算重聽了兩、三次，還是不太清楚是怎麼一回事，一心想著如果霍布斯先生聽到這些事，不知會作何感想。

事情要從塞卓克未曾謀面的祖父說起，原來他是位伯爵。

原本應承襲爵位的大伯父不幸墜馬去世了，因此由二伯父繼承家業。

然而，二伯父在羅馬罹患熱病，不久便病逝。如果塞卓克的父親還活著的話，就會由他承襲爵位。可是老伯爵的三個兒子全都已不在人世，於是得由塞卓克繼承爵位，成為方特洛伊公子。

來訪的老紳士哈維生先生是多林克特伯爵家的**顧問律師**，負責前來宣告此一訊息並帶塞卓克回英國。隔天早上，哈維生先生再次來訪時，告訴塞卓克許多事情。

他說等塞卓克長大後會繼承爵位、成為一名富翁，不僅在英國各處擁有城堡、寬廣的庭園和大礦山，**遼闊的領地上還有許多佃農**，身分極為尊貴。可是塞卓克聽了一點也高興不起來。吃完早餐，他依舊感到心情沉重，默默走去霍布斯先生的店。

此時，霍布斯先生正在閱讀早報。

塞卓克一臉嚴肅的走近他。

一想到要是告訴霍布斯先生自己正遭遇的事，他該有多麼驚訝，塞卓克在來的路上，一直擔心不知該怎麼開口才好。

顧問律師
作為委託人的諮詢對象，負責處理訴訟以及一般的法律事務。

「哦，早啊。」

霍布斯先生打招呼說道。

「早安。」

塞卓克也回他。

但是，塞卓克不像平常那樣爬上高腳椅，而是坐在餅乾箱上，抱著一隻腳的膝蓋，久久不發一語。由於塞卓克一直沉默不語，霍布斯先生終於從報紙上抬起頭來，訝異的問他：

「你好嗎？」

塞卓克鼓起勇氣問道：

「霍布斯伯伯，您還記得昨天早上我們談過的話題嗎？」

「嗯，你是說，英國的事情嗎？」

遼闊的領地上還有許多佃農（第33頁）

領地是地主所有並管理的土地。佃農是向地主租借土地，種植農作物的農民，必須繳納地租，作為租借土地的報酬。英國自中世紀到十九世紀初期，以有效利用土地為由，用矮牆或籬笆將土地圈起作為私有土地的「敞田制」，使得能夠自己開墾土地的自耕農減少，只有少數的貴族和大地主才能擁有廣大的土地。

「還有……您是不是還提過伯爵的事，您還記得嗎？」

「對，我還說過那些傢伙的事。」

塞卓克滿臉通紅，他從未經歷如此尷尬的時刻。

「伯伯，那個時候您說過，就連這個餅乾箱子也不請伯爵坐吧？」

「當然，他們膽敢坐在我的餅乾箱上，我就要他們好看！」

「但是伯伯，現在您的餅乾箱子上，正坐著一個伯爵。」

塞卓克一說完，霍布斯先生驚訝的跳起來問道：

「你、你說什麼？」

這下子塞卓克更不好意思，

「我……是伯爵啦。不對，應該說，我會變成伯爵。我不是亂說的喔。」

霍布斯先生突然起身，看了看屋裡的溫度計。

「你一定是中暑吧，今天實在是太熱了。你還好嗎？什麼時候開始覺得不舒服的？」

霍布斯先生一臉憂心的把他的一隻大手貼在塞卓克的額頭上。

「謝謝您，但是我沒事。伯伯，接下來我要說的事情，全都是真的，就算不喜歡我也得接受。昨天梅亞莉來叫我，正是為了這件事。我在英國的祖父，派了一位叫哈維生先生的人來到我們家。」

聽到這裡，霍布斯先生跌坐在椅子上，不停的用手帕擦拭額頭上的汗水，一邊大叫：

「唉呀，到底是你中暑，還是我中暑了呢？」

「不是的，我和伯伯都沒有中暑，接下來我們要好好思考，一起想出一個解決的良策，伯伯。畢竟祖父特地派哈維生先生千里迢迢從英國來這裡找我啊。」

霍布斯先生大為震驚，只能盯著塞卓克那張天真無邪又過於認真的小臉。

「你的祖父到底是何方神聖？」

被霍布斯先生這麼一問，塞卓克便將手伸進口袋，取出一張紙條。上頭以拙稚的筆跡，斷斷續續的寫了些字。

「我怕記不住，只好寫了下來。」
他說完，便用缺乏自信的語調唸道：
「多林克特伯爵．約翰．亞瑟．莫利諾．艾羅爾——這是我祖父的名字。據說他住在城堡裡，他另外還有其他兩、三座城堡喔。我已去世的父親，是他最小的兒子，如果父親還活著，成為伯爵的人就不是我了，只因為大家都不在了，剩下我一個，所以無論如何，將來我都得成為伯爵了。」
霍布斯先生察覺事態沒有想像的那麼簡單。
「所以，你叫什麼名字？」
「塞卓克．艾羅爾，哈維生先生叫我方特洛伊公子。」
「天啊！我的老天爺啊！」
這是霍布斯先生驚訝時會說的口頭禪。
「我不喜歡這樣。如果我去了遙遠的英國，就不能再見到伯伯了。一想到這一點，我就覺得好難過喔，伯伯。」

「你無論如何都得去嗎?」

「我想應該是的。因為母親說,如果父親還在這個世上,他一定會希望我成為伯爵。如果我非成為伯爵不可,我一定要做一個很棒的伯爵。要是英國跟美國發生戰爭,我一定會盡全力阻止。」

接下來,兩人認真的談了很久。最初的驚訝退去後,霍布斯先生出乎意料的很快的接受了現實。接著,他提出了許多問題,其中有許多問題都是塞卓克自己也不清楚的事。於是,霍布斯先生便就這些問題,依他自己的想法,擅自說明伯爵、侯爵是什麼。要是哈維生先生聽到這番話,一定會嚇得魂飛魄散。

除此之外還有很多會讓哈維生先生感到驚訝的事。

哈維生先生打從出生至今一直住在英國,不是很理解美國人以及美國的習慣。他是多林克特伯爵家的律師,與伯爵家往來近四十年,非常清楚伯爵家的領地有多寬廣、其財產和勢力有多麼龐大。基於職責,哈維生先生對於即將擁有這些土地和財產的塞卓克抱持相當的興趣。

他深知老伯爵對大兒子、二兒子失望，以及對小兒子跟美國女子結婚這件事有多麼生氣。老伯爵到現在都痛恨著塞卓克的母親，深深認為她是個低賤的美國女人，明知艾羅爾出身自高貴的伯爵家，還膽敢迷惑他。

來美國之前，哈維生先生也是這麼認為。他因為工作的關係，見過不少財迷心竅的人，對美國人的印象也不太好。當他前來尋找塞卓克，馬車停在小路上的一間寒酸小房子前，連見過世面的他也忍不住嚇了一大跳。

一想到今後要繼承伯爵家爵位的孩子，竟然在如此窮酸的家裡長大，他的心裡實在不很痛快。不知那會是個怎樣的小孩，還有他的母親是怎樣的女人？哈維生先生實在提不起勁跟這兩個人見面。

哈維生先生長久以來都為他服務的伯爵家感到驕傲，一想到必須跟對伯爵家歷史悠久的家世不敬，既卑賤又貪婪的女人見面，他打從心底覺得討厭。

在梅亞莉的帶領下，走進小小的客廳時，哈維生先生忍不住打量起四周。家具擺設雖然樸素，卻非常整潔，感覺十分舒適。

屋裡完全沒有任何廉價俗麗之物，牆上的裝飾顯示著屋主高雅的品味，除此之外，還擺了一些應該是夫人親手製作的可愛小飾品。

「看樣子還不算差。不過，也有可能是上尉的品味。」

哈維生先生忍不住喃喃自語。

但是，當艾羅爾夫人走進客廳的那一瞬間，他馬上覺得她的氣質跟這個房子裡高雅的氣氛是一致的。

艾羅爾夫人身穿一襲襯托她纖細身材的黑衣，上頭沒有任何裝飾，素淨得像少女，完全看不出是一個七歲孩子的母親。她有一張標緻的臉蛋，清澈的棕色大眼睛透露著溫柔。只是，自從失去心愛的丈夫以來，眼裡的那抹哀傷，就不曾消逝。

哈維生先生長久擔任律師，練就了識人的眼力。他看到艾羅爾夫人的第一眼，就知道老伯爵認定她是個貪婪卑賤女人的想法，是天大的錯誤。

哈維生先生向艾羅爾夫人說明來意，夫人一聽，不禁臉色大變。

「我必須放棄我心愛的兒子嗎？我們如此相親相愛，塞卓克是我的心肝寶貝啊。除了這個孩子，我已經一無所有了。從他出生以來，我是如此用心將他扶養長大……」

夫人年輕的聲音顫抖著，眼裡蓄滿淚水。

「您一定不知道，塞卓克對我而言，是多麼珍貴的寶貝。」

律師咳了一聲才接著說道：

「這番話真的很難啟齒，伯爵他……他對您的印象並不好。老人家個性較頑固，一旦認定的事，就很難改變。光聽到您是美國人，他就很排斥。而且，他對於您和他兒子的婚事，非常的不諒解。

「要向您傳達如此不愉快的消息，我也非常為難，只是伯爵說他絕對不要見到您，只想把方特洛伊公子接到身邊，由他親自撫養。

「伯爵喜歡多林克特城，幾乎沒踏出過那裡。因為他老人家患有**痛風**，不喜歡溼冷的**倫敦**。因此，我想方特洛伊公子今後應該也會住在多林克特城裡。

「至於夫人您，伯爵願意給您城堡附近一間名叫『克特小築』的房子，給您適當金額的生活費。他不會阻攔方特洛伊公子去探望您，不過，得請您不要來拜訪方特洛伊公子，也不要進到城內。

「我想，您應該知道，您跟公子不會就此分離，我認為伯爵的要求也並非完全不合理。無論是考慮到方特洛伊公子今後的教育，以及成長的環境，讓伯爵來扶養他應該是件好事。」

「我的丈夫深愛著多林克特。」

夫人終於開口了。

「艾羅爾深愛英國，一提到英國，一切都是那麼令他懷念，也一直為了離家千里而遺憾。他以自己的故鄉及姓氏為傲，他一定希望兒子能夠認識美麗的家鄉，並

痛風（第41頁）

尿酸鹽結晶沉澱在關節以及其周圍的組織等處，引起發炎的疾病。症狀是關節腫脹，伴隨劇烈的疼痛，嚴重時甚至會導致手腳的變形。痛風的原因結合了日常飲食和遺傳因素，好發在三十至四十歲、暴飲暴食的男性身上。

接受符合伯爵繼承人的良好教育。我相信伯爵也不至於心懷惡意到教導孩子仇恨我。那孩子個性溫暖、誠實而直率，就算無法經常與我見面，我相信他依然會深愛我，何況我們還是有機會可以偶爾碰面，我想我也沒有什麼好要求的了。」

聽到這番話，哈維生先生心想：

（她完全沒有想到自己，竟然沒有為自己提出任何要求。）

他感動的說道：

「夫人，您對公子的一番苦心著實令人感動，公子長大之後，一定會感謝您。我也會盡一己之力，讓公子今後不會遇上任何不如意，我相信老伯爵一定會代您守護方特洛伊公子的幸福。」

倫敦（第41頁）

英國首都。橫跨英格蘭東南部泰晤士河下游的大都市，也是世界經濟的中心。以白金漢宮和西敏寺大教堂聞名於世。秋冬季節容易發生濃霧，因此又有「霧都」之稱。（請參照卷首的地圖。）

「塞卓克的祖父如果能夠疼愛他就太好了。這孩子很親人，一直都在眾人的關愛中長大。」

艾羅爾夫人似乎下了很大的決心，顫抖著聲音說道。

哈維生先生忍不住又咳了一聲，因為他實在很難想像那個身患痛風、脾氣暴躁的老伯爵能夠疼愛任何一個孩子。

正當哈維生先生跟艾羅爾夫人說話時，塞卓克走了進來。

在門打開的那一瞬間，哈維生先生甚至有點害怕見到塞卓克。可是當他看到奔向母親的小男孩時，哈維生先生就明白自己的擔憂是多餘的了。

只消一眼，就知道塞卓克是個擁有出眾外表的可愛男孩，同時還散發著一股優雅的氣質。這孩子跟他父親驚人的相似，有一頭跟他父親一樣的金髮，以及遺傳自母親的棕色眼睛。

（我從未見過如此高雅俊美的孩子啊。）

哈維生先生暗自心想，嘴裡說出來的話卻只有：

「那麼，這位就是方特洛伊公子吧。」

接著，越是看著眼前這個孩子，他越感到驚奇。

哈維生先生並不是很熟悉孩子的事。他雖然見過很多孩子——每一個都是美麗如花朵般嬌豔的小男孩小女孩，他們有的在家庭教師嚴格的教育下長大，有的個性內向，也有活潑好動的孩子，但沒有任何一個像眼前這個男孩一樣，如此打動這位嚴肅老律師的心。

也許是因為方特洛伊公子未來的命運將與自己緊密相連，所以他才如此在意吧。總之，哈維生先生對塞卓克的關心非比尋常。

塞卓克並不知道有人正在觀察著自己，他的舉動跟平常一樣自然。當母親向他介紹哈維生先生之後，他親切的與哈維生先生握手，就算對方向他提出許多問題，他也像回應霍布斯先生一樣，很有精神的一一回答，毫無畏懼，雖說如此，也不顯得太鋒芒畢露。當哈維生先生跟母親說話的時候，他就像個大人一樣，專注聽著兩人說話。

「公子還真是個聰明伶俐的孩子啊。」

哈維生先生對艾羅爾夫人說道。

「是的，確實如此。他學習能力強，至今一直跟在我身邊，所以學會使用較艱深的詞彙，說話時就像個小大人，有時會惹得我大笑。我想這孩子的確是聰明，不過偶爾也會很有孩子氣的表現。」

接下來，哈維生先生每一次與塞卓克見面，都深感他母親說得真的沒錯。

有天，哈維生先生乘坐馬車，來到艾羅爾夫人家附近的街角，剛好看到塞卓克跟六、七個孩子正在比賽誰跑得快。

塞卓克緊握著小小的手，一頭金色的鬈髮在後腦飛揚著，領先跑在所有孩子前面。

「加油！加油！塞卓克！」

「加油！加油！比利！」

一旁觀賽的孩子忍不住又跳又叫，為他們加油打氣。

哈維生先生忍不住屏息凝視，當孩子們的尖叫歡呼聲達到頂點，塞卓克使盡全力，一個箭步率先抵達終點。他前腳才抵達終點，第二名的比利也喘著氣抵達。

「了不起！了不起啊！方特洛伊公子！」

哈維生先生在馬車中高興的自言自語。

馬車停在艾羅爾夫人家門前時，剛剛賽跑的孩子們也喧鬧著來到這裡。塞卓克清澈可愛的聲音，傳進哈維生先生的耳裡。

「比利，我會贏，只是因為我的腳比你長一點，畢竟我比你早出生三天啊，我只有這一點吃香。」

聽到塞卓克這麼一說，原本沮喪的比利總算破涕為笑，露出開心的微笑。

很明顯的，塞卓克非常努力想要安慰跑輸他的比利，哈維生先生忍不住覺得他真是一個體貼又坦率的好孩子。

那天，哈維生先生跟塞卓克聊了很久。

一開始，他還擔心不知該怎麼跟這麼小的孩子說話。

哈維生先生很猶豫是否該告訴塞卓克，他即將遠渡重洋到英國跟祖父見面，並且長住在那裡，所以沉默了許久。

好一陣子，他們互相盯著對方，默默不發一語。沒想到，竟然是塞卓克率先打破尷尬的氣氛，先開口跟哈維生先生說話。

「我不知道伯爵是什麼。是誰要讓我當伯爵呢？」

「是國王或女王。凡是對國家有貢獻，或是做了好多好事的人，就可以成為伯爵。」

「所以，是跟總統一樣嗎？」

「呵呵，在美國，總統是這樣選出來的嗎？」

「對啊，就是這樣。」

塞卓克開心的回答。

「只要是好人，而且懂很多事情，就有可能被選為總統喔。選舉完大家會一起舉火把遊行慶祝，有樂隊演奏，還有演說。我一直很想當總統，可是從未想過要成為伯爵呢。」

塞卓克說完後，連忙補充道：

「因為，我不知道有伯爵這種人。」

他想，說不想成為伯爵，似乎對哈維生先生太失禮了。

「如果我知道那是怎樣的人，也許就會想成為伯爵吧。」

「總統跟伯爵還是不太一樣喔。首先，所謂伯爵，指的就是非常偉大的人。」

「總統也很偉大啊。」

塞卓克插嘴說道。

「火把遊行長達五英哩，還會有煙火跟樂隊表演，霍布斯伯伯帶我去看過。」

哈維生先生一副難以啟齒的樣子，含含糊糊的繼續說道：

「所謂伯爵，必須要有古老的門第。」

「咦，什麼是門第？」

「就是自古以來代代相傳，具有非常悠久的歷史。」

「哦哦，是這樣啊。是不是跟公園旁邊賣蘋果的老婆婆一樣呢？那位老婆婆也有，那個，古老的……門第。因為，她的年紀很大，年紀那麼大還能走路，真的很令人佩服。即使是下雨天，老婆婆也會出來賣蘋果。我覺得她好可憐喔。

「有一次，比利手邊有一塊錢美金，於是我叫他每天花五分錢去買蘋果，這樣就可以買二十天。可是才過一個禮拜，比利就吃膩了蘋果。幸運的是，有個叔叔給了我五十分錢，所以就換我去跟老婆婆買蘋果。

「無論是誰，都會覺得那個貧窮、擁有古老……門第的婆婆很可憐。」

哈維生先生這下可傷腦筋了。

「看樣子，您似乎還是不太懂我所說的話。所謂古老的門第，不是指年紀很大的意思，而是從自很久很久以前開始，世人就知道有那個家族，甚至可以寫進國家的歷史裡的意思。多林克特家的祖先，在距今四百多年前就被授予了伯爵的爵位。」

「被授予伯爵的爵位，然後會怎樣呢？」

「您的祖先有很多位都曾執掌英國的政治，也有人參加戰爭，建功立業。」
「我的父親也是個軍人，他很勇敢喔。」
「成為伯爵之後，還有其他的好事，比方說，大部分的伯爵都很富有。」
「真好，我也很想要擁有很多錢。」
「哦，您為什麼想要有很多錢呢？」
哈維生先生特意問道。
「有很多錢，就可以做很多事情啊。我可以買帳篷跟小暖爐給賣蘋果的老婆婆，這樣她做生意就會輕鬆得多。遇到下雨天時，我就能給她一塊美金，她就不用開店做生意，可以待在家裡好好休息了。」
「哈哈哈。那麼，接下來您還打算做什麼呢？」
「我想要買很多東西給媽媽，像是**針插**、**折扇**、金戒指、百科全書還有馬車。如果有自己的馬車，媽媽就不用去等**共乘馬車**。
「還有迪克，他是個擦鞋匠，他人很好喔。很久很久以前，我還很小的時候，有次媽媽帶著我一起散步，買了一顆很漂亮的小球給我。我不小心把球弄掉了，球滾到馬路中央，路上有很多馬車來來去去。我難過的哭了出來，結果是迪克跑去幫我把球撿了回來，還拉起衣服把球擦乾淨才還給我。自那以後，每次我去市中心，都會去找迪克說話。迪克經常跟我聊他的生意，這陣子他說景氣很不好。」

塞卓克沉迷在思考中，自顧自的說道。

哈維生先生露出微笑，問：

「那麼，你希望為迪克做什麼事呢？」

「嗯，我想用錢幫他解決傑克的問題。」

「哦，這個傑克又是什麼人？」

「傑克是迪克的工作夥伴。迪克說，他是個大壞

針插（第51頁）

用來插裁縫用針的道具，也可防止針尖生鏽。

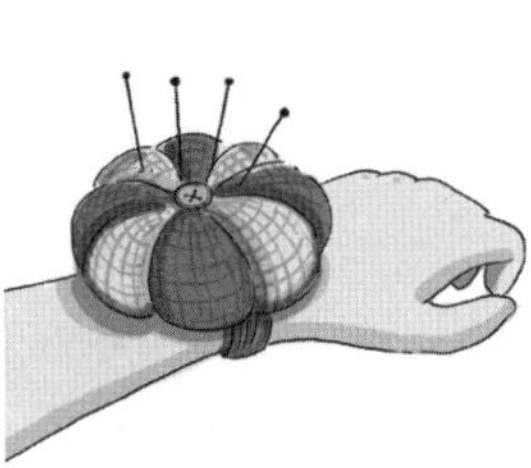

蛋，跟這樣一個不誠實的人合夥做生意，真的很傷腦筋。傑克常騙人，害迪克被罵。大家雖然喜歡迪克，可是也都討厭傑克，所以很多客人都不再光顧他們的店。

「如果我有錢的話，我會出錢讓迪克跟傑克拆夥，然後幫迪克打造一塊顯眼的招牌——迪克一直很想要一塊寫著自己名字的招牌。我還會買一套新衣服和新刷子送他，讓他風風光光的重新開業。迪克一直說他想要自己做生意。」

塞卓克的話中混雜了迪克想獨立創業的夢想，更透露著他天真無邪，替人著想。

哈維生先生被只為辛苦的朋友們打算，完全沒想到自己的塞卓克那顆溫柔體貼的心給打動。

「那麼，你有什麼想要的東西嗎？」

折扇（第51頁）

用來搧風納涼的道具也是在早年的歐洲，社交場合上女士必備的禮儀用品。最早是由日本人發明，在十五、六世紀經由中國傳至歐洲。

共乘馬車（第51頁）

在規定路線、付一定運費，同時載運數名乘客的馬車。在美國，最早出現於一八二九年的紐約。

「有啊，我想要的很多。我想送錢給梅亞莉的妹妹。她叫做布麗姬，有十二個小孩，先生沒有工作，所以她經常來找梅亞莉哭訴；我想送霍布斯先生金錶和金鍊子，外加一支**海泡石菸斗**。」

此時，艾羅爾夫人靜靜的加入他們的談話。

「很抱歉讓你們久等了，剛才有位可憐的朋友來找我。」

「是嘛。正巧公子跟我提到了他的朋友，以及如果他成為有錢人，想要為他們做的事。」

「剛才來拜訪的，也是塞卓克的朋友，叫布麗姬。她的丈夫生病，令她非常煩惱。」

塞卓克聽到母親的話，說道：

「我要去找布麗姬，我想問問他先生麥可的病況。

海泡石菸斗

海泡石是海底的貝殼發生變化形成的多孔性物質。由海泡石製成的菸斗呈白色或灰色，在前端塞入碎菸葉吸菸。海泡石柔軟易加工，上頭常有優雅的雕刻。

麥可曾經做過一把木刀給我，他的手很巧呢。」
塞卓克跑出客廳，哈維生先生猶豫了一會兒後說：
「我要從多林克特城出發之前，跟伯爵見了一面，接下他老人家的指示。伯爵希望讓公子知道只要繼承了伯爵爵位，這個身分可以使他如願用金錢做任何事。只要他有任何想要的東西，就馬上買給他，並讓他知道這是來自祖父的禮物。
「如果方特洛伊公子想幫忙那位貧窮的女士，我若不協助他實現願望，就是違反伯爵的交代。當然，伯爵不會想到公子的心願是這樣的事。」
哈維生先生並沒有如實傳達老伯爵的話。當初老伯爵說的是：
「讓那個孩子知道，我富有到能夠讓他買下任何他想要東西，讓他知道可以成為多林克特伯爵的繼承人是多麼幸運的一件事。給那孩子一大筆錢吧，然後，讓他知道這些全都是我這個祖父施予他的『恩惠』。」
艾羅爾夫人坦率的接受哈維生先生的提議，她覺得老伯爵只是想對塞卓克示好，希望塞卓克能夠知道他是個慷慨的好人。她很高興突如其來的命運轉變可以讓塞卓克盡他的力量幫助不幸的人。

哈維生先生用他那隻瘦削的手，從胸前的口袋拿出一張大鈔。只是臉上的表情看起來有些古怪，因為他不知道老伯爵若是知道這件事會作何感想。

「正如夫人您所知，多林克特伯爵相當富有，他可以實現方特洛伊公子的任何願望。相信伯爵聽到小公子的善行，一定也會感到欣慰。那麼，讓我們言歸正傳，我想先資助對方五英鎊……」

「五英鎊嗎？那就是二十五美元，對他們而言，會是很大的一筆錢，就連我也難以置信呢。」

「畢竟公子如今的身分已經大不相同了。」

「嗯，那個孩子的年紀還小，不知道能否由我來教導他如何正確使用這麼大一筆金錢？」

哈維生先生忍不住輕咳一下，因為他看到夫人那雙棕色眼睛裡，充滿了為孩子著想的真心、謙遜以及體貼，感動不已。

「夫人，今日我見到方特洛伊公子，聊了許多事後，我的感想是，公子成為伯爵之後，一定也會把別人的事看得跟自己的一樣重要。雖然公子年紀還小，但我想您不需要擔心。」

艾羅爾夫人馬上將塞卓克喚來，從哈維生先生手中接過五英鎊大鈔的塞卓克興奮的跑出客廳。

「布麗姬，請等一下。」

呼叫聲從廚房那邊傳來。

「你看，這裡有錢，你可以用這筆錢繳房租、買藥治病，這是我祖父送給你的。」

「天啊，小少爺，我該如何是好？這可是多達二十五美元的一筆大錢啊。夫人！夫人！」

布麗姬的聲音聽起來又驚又喜。

艾羅爾夫人邊起身邊說：

「讓我去對她說明是怎麼一回事吧。」

就這樣離開了客廳。

留下來的哈維生先生走到窗邊，盯著窗外，陷入了沉思。他所想的是住在豪華美麗的城堡裡，卻總是孤單一人，為痛風所苦的老伯爵。

伯爵自出生到現在，不曾愛過誰，也不曾有人愛過他。他任性、難以相處，脾氣暴躁，壓根兒沒想過要怎麼溫柔對待周遭的人，他只會把大筆金錢花在自己身上，隨心所欲的過日子。哈維生先生從未見過有誰像伯爵風評這麼差，任何人都討厭他。

正因如此，他忍不住回想起剛才坐在大椅子上，一臉天真的介紹著朋友迪克、賣蘋果的老婆婆，認真為朋友著想的可愛小男孩塞卓克。

「相信等公子長大繼承伯爵家之時，一切都已好轉吧。」

哈維生先生忍不住喃喃自語。

塞卓克和母親不久後回到了客廳。坐在艾羅爾夫人與哈維生先生中間椅子上的塞卓克一臉高興，散發著幸福的光芒。

「布麗姬感動得哭了。我從沒見過因為太過高興而哭的人呢！我的祖父真是一個大好人！還有，成為伯爵，比我想的還要棒呢。我開始覺得能夠成為伯爵是一件值得高興的事情了。」

接下來的一個星期，塞卓克更加體認到成為伯爵的好處，原來可以實現所有願望的感覺是這麼美好。出發前往英國前的一週，塞卓克做了許多有趣的事。

哈維生先生永遠無法忘記跟塞卓克一起拜訪迪克，還有他們一起站在那個擁有古老門第的賣蘋果老婆婆的攤子前，送她帳篷、暖爐、披肩還有令老人家大吃一驚的一筆錢的那個下午。

「我得去英國、成為貴族，不希望每到下雨天就要擔心婆婆的身體。我的骨頭不會痛，所以不太了解骨頭痠痛是怎樣的感覺，可是我希望您能夠早日康復。」塞卓克溫柔的說明著送這麼多禮物給老婆婆的理由。

離開因為突如其來的幸運，久久無法從驚訝中回過神來的老婆婆之後，塞卓克對哈維生先生說：

「賣蘋果的婆婆人很好喔。有一次我不小心跌倒，膝蓋受傷，婆婆送了一顆蘋果給我、安慰我。我永遠不會忘記婆婆對我的好，哈維生先生應該也不會忘記曾經對您好的人吧。」

塞卓克那顆美麗直率的心，根本無法理解人們常常忘記受他人恩惠的事。跟迪克的會面，也很有趣。兩人前來拜訪的時候，迪克正好跟傑克吵完架，看起來心情很不好。

塞卓克拿出一大筆錢，要迪克解決生意上的麻煩時，迪克大吃一驚，久久說不出一句話來。

塞卓克說這些話時，非常乾脆，一旁的哈維生先生非常佩服。

當迪克聽到他的好朋友是貴族，將來有一天還會成為伯爵時，眼睛跟嘴巴張得大大的，連帽子都掉了下來。

「大家都不相信這是真的，霍布斯伯伯一開始還以為我中暑了呢。起初我也不想成為伯爵，現在已經習慣，也漸漸喜歡要成為伯爵這件事了。現在的伯爵是我爺爺，他請哈維生先生帶給我很多錢，所以我拿一些來給你，讓你解決跟傑克的問題。」

就這樣，迪克真的用這筆錢跟傑克拆夥，成為一個獨立的擦鞋匠，還備齊了新刷子、一塊氣派的招牌、一整套擦鞋的道具。

迪克盯著眼前這位大恩人，心想如果這是一場夢的話，希望永遠不要醒來。

當塞卓克準備要回家，伸出手跟迪克握手時，迪克似乎還是搞不清楚狀況，回不過神來。

「那麼，再會囉。」

塞卓克想要裝作若無其事的樣子，聲音卻微微顫抖，那雙大大的棕色眼睛眨了好幾下。

「祝你生意一切順利。雖然我不想跟你分開，但是等我成了伯爵，一定會再回到這裡。我們還是好朋友呀，請記得寫信給我。如果要寄信給我，地址請寫這裡。」

塞卓克遞了一張紙片給迪克。

「還有，我的名字已經不是塞卓克・艾羅爾了，他們叫我方特洛伊公子。再會囉，迪克。」

迪克眨了眨眼睛，眼眶濕潤。

「我捨不得你離開啊。」

迪克沙啞的聲音說道，再次眨了眨眼睛。然後他對著哈維生先生摘下帽子致敬，含糊不清的說道：

「先生，真的非常感謝您。謝謝您特地帶塞卓克過來這裡，還那麼照顧我。這小子真的是一個很特別的孩子，他總是為大家帶來溫暖，我真的很喜歡他。」

迪克目送兩人離去。看著走在身材高大、充滿威嚴的哈維生先生旁邊的塞卓克，那朝氣十足的身影，淚水再次湧上眼眶，喉頭彷彿有什麼東西哽住似的令他難過。

直到出發的那一天，塞卓克只要一有空就一直待在霍布斯先生的雜貨店裡。霍布斯先生看起來相當憂心，總是無精打采。

就連塞卓克帶來金錶與金鍊子要送給他時，他也沒有心情道謝，只是把禮物盒子放在腿上，一個勁的擤著鼻子。

塞卓克說：

「伯伯，盒子裡是要送你的禮物，就在。上頭還有我託人幫我寫上的字：『給我的好友霍布斯先生。方特洛伊公子敬贈。見物如見人。』我希望伯伯您別忘了我。」

霍布斯先生發出更大的擤鼻子聲。

「我才不會忘了你，倒是你成了英國的貴族之後不要忘記我啊。」

就像迪克一樣，霍布斯先生聲音哽咽的說。

終於，旅行的準備都完成了，行李已先送上**輪船**，塞卓克母子兩人坐進了馬車裡，就要出發了。

「媽媽，我們都很喜歡這間房子，今後也會繼續喜歡吧。」

「是啊，會一直喜歡它的。」

塞卓克靠在母親身邊，當他看到母親依依不捨的從車窗回望他們曾經住過的家，他忍不住緊緊的握住了母親的手。

包含塞卓克在內的乘客都上了輪船，啟程的時刻終於到了。迪克推開岸邊前來送行的人潮，氣喘吁吁的奔上塞卓克所在的甲板。

「我來是想再跟你見一面，並把這樣東西交給你。多虧你送了我招牌，現在的生意非常好。我用昨天賺的錢買了這個給你，到了那邊如果要去見了不起的大人物，就把這個帶上。你看，是條手帕。」

輪船

以蒸汽機關為動力行進的大型船。一八一九年，美國的機械帆船撒班拿號以蒸汽動力首次橫渡大西洋。

迪克一口氣說完之後，把一條紅色手帕塞進塞卓克手裡，然後連忙跑下船。

他的前腳才剛踏上碼頭，架在碼頭邊的板子隨即就被拉起。塞卓克在船上，手裡拿著迪克剛送給他的手帕。仔細一看，那是一條絲質的紅色手帕，上頭繡有紫色的**馬蹄鐵**與馬頭。

此時，捲起纜繩的聲音、金屬的嘎嘎聲響越來越大。塞卓克將身子伸出扶手，揮舞著手上的紅色手帕，大聲喊著：

「再會！迪克。謝謝你，迪克！再會了。」

龐大的輪船靜靜的啟動了，船上船下的人們彼此放聲呼喊。塞卓克的母親將**面紗**放下，垂在眼睛前方。

碼頭邊擠滿了人，極為嘈雜，迪克眼中只看得見塞

馬蹄鐵

為了防止馬蹄損傷與磨耗，在馬蹄底部裝的鐵具。在西方，馬蹄鐵也是幸運的象徵。

卓克開朗可愛的臉龐，以及那一頭在陽光照耀下閃閃發亮，隨著風飛揚而起的金色鬈髮。

只聽見離開從小生長的地方，即將前往未曾見過的祖國的塞卓克，那精神十足的稚嫩呼喚：「再會了，迪克！」

面紗（第66頁）

為了遮掩或裝飾臉部的輕柔薄布，特常為透明的布料。

在英國

在船上的這段時間，艾羅爾夫人告訴塞卓克抵達英國之後，他們就要分開住的事。一開始，塞卓克非常難過。

艾羅爾夫人為了減輕塞卓克的悲傷，一再安慰他，說她就住在附近，還是可以經常見面，塞卓克才終於不那麼悲傷了。

夫人接著還說：

「你父親經常跟我說那城堡有多美麗，我相信你一定也會喜歡那裡。」

即使如此，塞卓克不免還是會寂寞的嘆著氣說：

「可是，如果可以跟媽媽住在一起，我一定會更喜歡……」

塞卓克那顆天真的心，實在無法理解為何必須與母親分開生活。艾羅爾夫人認為最好不要讓塞卓克知道真正的原因，所以一直沒有對他解釋。

她對哈維生先生說：

「我認為不要告訴那孩子比較好。就算告訴他，他應該也無法理解，反而會傷了他的心。而且，我認為這樣，才能讓他更快親近伯爵。

「塞卓克出生至今從未體驗過一丁點的憎恨和惡意，要是他知道有人憎恨我，我想他一定會非常驚訝。

「那孩子非常溫柔，也很貼心，這件事最好到他長大都不要讓他知道，我想這樣對他、對伯爵都好。」

因此，塞卓克雖然對與母親分開的安排感到難以置信，他只是單純的認為是自己還小聽不懂，等他長大一點，大人們一定會讓他明白。

哈維生先生偶爾會看到塞卓克以他一貫的習慣，抱著一隻腳的膝蓋，一臉嚴肅的盯著大海。

某次，塞卓克像個大人那樣嘆氣，以他這個年紀不會有的成熟表情，對著哈維生先生說：

「我真的很不想跟媽媽分開。梅亞莉告訴我這世上有很多人都很辛苦，大家都忍耐著過日子，霍布斯先生也這麼對我說過。」

塞卓克經常一臉嚴肅的說話，那模樣實在太可愛了。任何人只要見到這樣的他，就會忍不住喜歡上他。

哈維生先生越來越享受跟塞卓克在一起的時光。

跟迪克等老朋友分開的第十一天，塞卓克一行人終於到了英國的利物浦。隔天晚上，他們抵達了母親今後要居住的克特小築。由於天色太暗，無法看清房子的外觀，只見道路兩旁濃密的樹蔭下，有一條馬車專用通道，盡頭那邊的房子玄關，流瀉出明亮的燈光。

梅亞莉作為母親的侍女，跟著他們一起來到英國。她比眾人早一步先到克特小築。此時，已和其他僕人一起在門口迎接三人下馬車。

僕人們都用好奇的眼光盯著塞卓克，想知道這位小公子到底是一個怎樣的孩子。塞卓克就跟往常一樣，敏捷的自己脫下外套，接著打量起這間房子。

寬廣的大廳裡裝飾著鹿角，還有其他稀奇的裝飾品。

「媽媽，這房子好漂亮喔，您能夠住在這裡，真是太棒了。」

他們在梅亞莉的帶領下走上二樓，看見掛著鮮豔**印花棉布**窗簾的寢室裡，暖爐的火燒得正旺，一隻純白色的大波斯貓，在毛絨地毯上打著瞌睡。

「夫人，這隻貓是城堡的總管家送來的。總管家很親切，很疼愛已經去世的上尉。她說上尉小時候就是個氣質高雅的孩子，對僕人們也非常好。我對她說：『那不就跟我們的小少爺一模一樣？我還沒見過比小少爺氣

印花棉布

在棉布或絲綢染上人物、花鳥等圖案的的手繪或引刷圖案。尤以印度、爪哇、泰國等地產的最為有名。

質更好的孩子呢。』」

接著，一行人又走下樓，走進一間寬敞華麗的客廳。暖爐前的地板上鋪著一張大大的虎皮，兩旁各有一把扶手椅。

白貓黏著塞卓克一起走了下來，當塞卓克躺在地毯上時，貓咪彷彿在說「我們要當好朋友喔」似的靠過來磨蹭他。塞卓克高興極了，不停撫摸著貓咪的頭，完全沒發現母親跟哈維生正低低私語著。

艾羅爾夫人不安的說：

「那孩子可以不要今晚過去嗎？至少讓他在這裡留一個晚上？」

哈維生先生也小聲回道：

「就這麼辦，今晚不過去也沒關係。用完餐後，我先去拜見伯爵，告訴他兩位已經抵達了。」

艾羅爾夫人再次正色說道：

「關於錢的事，也請您告訴伯爵我婉拒了。」

「您指的可是伯爵要給您的生活費？」

哈維生先生驚訝的問。

「是的，就是那筆錢。我是為了陪在孩子附近，不得已才接受這間房子。我自己還有些錢，只要日子過得簡單，應該沒有什麼問題。伯爵如此厭惡我，如果我還接受這筆錢，感覺就像拿塞卓克去交換似的，我不喜歡這樣。

「我將那孩子送回到他祖父身邊，全都是為了孩子好，我想我丈夫應該也會希望我這麼做。」

哈維生先生考慮了一下後，說：

「那麼，我會向伯爵轉達你的意思。」

晚上，哈維生先生一進入城堡，便被領到伯爵面前。

伯爵坐在暖爐旁的一張豪華的**安樂椅**上，腳擱在痛風患者專用的**腳踏凳**上。長長眉毛下的兩隻眼睛，銳利的盯著哈維生先生看。

伯爵雖極力表現出一副不在乎的樣子，可是哈維生先生早已看穿他的心中其實掀起了萬丈波瀾。

「嗯，你回來了。狀況如何？」

「是，方特洛伊公子跟他的母親已經抵達了克特小築，兩人看起來都很開心。」

老伯爵不耐煩的揮了揮手，

「這些就不用多說。你覺得怎樣？我之前交代你不要在信上告訴我，我不想知道那女人的事，我只想知道那孩子是怎樣的人。」

「那孩子只有七歲，性格未定，所以我很難用三、兩句話形容他是個怎樣的人。」哈維生先生小心翼翼的說道。

「他是傻瓜還是笨蛋？他的美國血統一定污染了他！」

安樂椅

休息用椅子的總稱，源自十八世紀法國或英國的扶手椅，有的可以前後搖動。

伯爵忍不住怒吼。

哈維生先生極為冷靜的緩緩說道：

「不，即使在美國出生長大，他並沒有因此受到任何不良的影響。對於孩子的事我雖然懂得不是很多，但我覺得他是一位非常高雅的小公子。」

哈維生故意輕描淡寫的回答。他認為說得再多，都比不上讓伯爵實際見到塞卓克本人來得更好。

「那孩子身體強壯嗎？手腳長不長，長得怎麼樣？」

此時，哈維生先生想起剛剛在克特小築才見過的光景——塞卓克開心的躺在虎皮上，說不出的可愛、優雅。那一頭散在地毯上、閃閃發亮的金髮，開朗燦爛如陽光、色澤粉嫩的臉龐……他的嘴角忍不住浮現一抹微笑，說道：

腳踏凳（第74頁）

坐下來的時候用來擱腳，沒有靠背的小凳子。痛風患者常需要用來放腳，以減輕疼痛。

「我想，說他是個俊美優雅的男孩應該一點也不為過吧。我敢說，他不同於英國的其他孩子。」

伯爵的痛風突然發作，他忍著痛呻吟的說：

「我就知道。我聽說美國的孩子每個都很厚臉皮，就像乞丐一樣。」

「不，公子絕對不像您想的那樣。要說他跟英國的孩子有什麼不一樣的地方，可能是因為從小跟在大人身邊吧，比起同年齡的孩子，他兼具了孩子的天真童稚以及大人成熟穩重的一面。」

「那就是美國人厚臉皮的地方，他們開口閉口都說什麼民主、自由。總之，那孩子一定是個令人討厭，而且一點也不懂禮儀的傢伙。」

哈維生先生無意與伯爵爭論，他沉默了好一會兒，總算繼續開口說道：

「艾羅爾夫人有話要我轉告您。」

「我不想聽那個女人說的任何話。」

「不過，這件事很重要。她婉拒您給的生活費。」

「什麼？她說什麼？」

伯爵大吃一驚，高聲說道。

「夫人說她絕對不能收您給的錢，而且，她與您也不是非常親近……」

哈維生先生才說到一半，伯爵就發火怒斥：

「哼！她說得沒錯。我跟她不僅不親近，一想到她我就生氣。貪婪、下流的美國女人！我一點都不想見到她，離得越遠越好。」

「伯爵，容我說句真話，說艾羅爾夫人貪婪是您的誤會。夫人什麼都沒要求，甚至連您要給的生活費都拒絕了。」

「我知道了，她是以退為進。哼！還真是會算計。如果她在這棟大宅以外的地方過著貧困的日子，就等於是讓我丟臉。她是方特洛伊公子的母親，我必須讓她過符合她身分的生活不可。總之，不管她怎麼說，一定要讓她收下那筆錢。我不會讓那女人有機會去跟外面的人說是因為我什麼都不給她，讓她過得像乞丐一樣，害我遭到世人的指責。沒錯，這一定是那女人要讓孩子討厭我的詭計，她一定對那個孩子說了很多我的壞話吧。」
「不是的，絕對沒有這回事。夫人還請我轉達其他事情，她請您絕對不要讓方特洛伊公子知道她們母子之所以要分開居住，是因為您討厭她。
「她認為，深愛母親的方特洛伊公子要是知道這件事，一定會對您心生嫌隙。她不希望孩子捲入大人之間的事，也不希望公子因此畏懼您，減損了他對於您的愛。」
伯爵的眼睛發出銳利的光芒。
「那麼，那女人沒告訴他這件事，也不會說出去吧？」
哈維生先生冷靜的說：
「不會，夫人真的什麼也沒有對公子說。公子一直深信伯爵您是非常溫柔、親切的祖父。」
「你確定？」
「是的，公子對您的看法，取決於您怎麼對他。另外，也許您會嫌我多嘴，然而為了您好，請您最好不要在公子面前說他母親的壞話。」

「你說什麼傻話？那孩子不是才七歲嗎？」

「因為公子這七年來一直與母親相依為命，深深愛著他的母親。」

在城堡裡

隔天，塞卓克與哈維生先生乘坐的馬車，駛進多林克特城那條長長的林蔭大道時，已經過了中午時分。

塞卓克好奇的眺望車窗外的景色。眼前所見的一切，對他來說實在太過稀奇、太美了。

馬車來到宅邸的大門前，一位婦人從一間爬滿美麗**常春藤**的小屋走出來，她的身後跳出兩個孩子，睜大眼睛盯著車裡的塞卓克看。

婦人露出微笑，行了一個禮。然後，孩子們也在母親的催促下，向塞卓克低頭致敬。

塞卓克摘下頭上的黑天鵝絨帽子，問候道：

「午安，您好嗎？」

婦人開心的說：

「唉呀，公子，歡迎您來。多麼可愛的小公子啊，祝您健康快樂。」

馬車繼續在林蔭道上前進。

「那位女士好像很喜歡小孩呢。我希望有時候可以來這邊玩。」塞卓克說道。

哈維生先生很清楚，方特洛伊公子絕不可能被允許和守門人的孩子一起玩，但他想晚一點再跟塞卓克說清楚，所以什麼也沒說。

多林克特城是英國最美的城堡之一，庭園多麼寬廣壯麗，實在難以用言語來形容。

兔子從草叢蹦出，**鷓鴣**偶而從樹陰飛出，看到這一

常春藤（第81頁）

葡萄科的落葉藤本植物。以捲曲的前端的吸盤攀附在岩石或樹木上。

鷓鴣

音ㄓㄜˋㄍㄨ。歐洲產的雉科鳥類。肉質鮮嫩美味，是頗受歡迎的獵物。

切美景，塞卓克開心雀躍。

「我從未見過這麼美麗的地方，比紐約的**中央公園**還要壯觀呢。」

馬車駛了好久還沒到達城堡，塞卓克感到好奇。

「從大門到玄關，到底有多長呢？」

「不知道，大約三、四英哩吧。」

哈維生先生回答。

隨著馬車行進，接二連三出現塞卓克從未見過的事物，讓他驚喜連連。

當他發現竟然還有鹿出現時，簡直看得出神了。

「這裡有馬戲團嗎？還是牠一直住在這裡？那隻鹿是誰的？」

哈維生先生說：

中央公園

位於紐約曼哈頓島中央，面積三百四十平方公尺、長四公里、寬八百公尺的長方形公園。擁有四座湖泊和兩個池塘，還有各種設施。在高樓大廈的包圍中，保留著自然景致，是紐約市民休憩的場所。

「那隻鹿一直在這裡，牠的所有人是伯爵，也就是您的祖父。」

不久後，終於看到城堡了。這棟龐大建築物上許許多多的窗戶，在夕陽的照耀下燁燁生輝，還有角塔和砲台。牆壁上爬滿了交纏的常春藤，城堡四周有露台、草地，以及繁花盛開的花壇。

抵達城堡之後，只見玄關的大門敞開，僕人們排成兩列，準備迎接塞卓克。他們的最前方，站著一位身穿黑色高級絲質洋裝的老婦人。

塞卓克走進大廳，老婦人也跟在身後。哈維生先生對塞卓克說：

「方特洛伊公子，這位是總管家麥倫夫人。」

塞卓克伸出手說：

「送貓咪來我們家的就是您吧。非常感謝您。」

麥倫夫人跟看門的婦人一樣，露出驚喜的表情。

「不論我們在哪裡遇見，我也一定可以一眼就認出您，您真的跟已故的艾羅爾上尉太像了。」

麥倫夫人的眼裡湧起一層淚水。

哈維生先生對她低聲說了幾句話後，麥倫夫人回答：

「是的，伯爵正在書房裡。他要公子單獨過去。」

不久後，一名僕人將塞卓克帶到書房入口，打開門，恭恭敬敬的說：

「伯爵，方特洛伊公子到了。」

這間房間非常寬敞，窗戶掛著厚重的窗簾，房內微暗，四周擺放了笨重的家具，以及擺滿書籍的大書櫃，氣氛顯得很沉重。

塞卓克一開始以為裡面沒有人，過一陣子才發現火焰熊熊燃燒的大暖爐旁，有一張大安樂椅，似乎有人坐著。那人並未轉過身來看塞卓克。

此時，塞卓克發現安樂椅旁的地板上，趴著一頭獅子般大小的**獒犬**。狗兒突然站了起來，威風凜凜的朝著塞卓克走來。

就在這個時候，椅子上的人首次開口說道：

「道格，過來。」

塞卓克雖然生性溫和，卻也十分勇敢。他輕輕的把手放在狗兒的項圈上，靜靜的與牠一起走去。道格頻繁的抽動著鼻子，嗅聞塞卓克的味道。

伯爵第一次抬起頭來，俯視著眼前的塞卓克。他是一個頭髮與眉毛都白而濃密、體格相當結實強壯的老人。在他深沉、銳利、彷彿可以看穿一切的眼睛之間，是宛如**老鷹**嘴般尖銳彎曲的鼻子。

伯爵發現，眼前這個身穿蕾絲衣領裝飾的黑天鵝絨套裝、富有男子氣概的臉龐、如波浪般鬈曲的金髮、舉止優雅高貴的少年，正以溫柔的眼神看著自己。

看到塞卓克如此儀表堂堂，而且一點也不怕身旁的大狗，還無所懼的直視著自己，伯爵心中突然湧現一股驕傲和喜悅。

獒犬（第85頁）
英國原產的大型狗。身體高六十九公分以上，體重超過七十公斤。通常飼養來作為鬥犬或護身、守衛。

老鷹
鷹科鳥類。爪子、嘴尖彎曲，眼睛銳利，翅膀長六十～八十公分。如同鷹嘴尖端那樣，鼻樑挺直突出，前端如勾的鼻子，就叫做鷹勾鼻。

塞卓克走近說：

「您就是伯爵爺爺嗎？我是您的孫子方特洛伊，哈維生先生帶我來見您。」

然後一邊伸出他的手。

伯爵兩眼發光，回握了那隻小手。他因為太過震驚，什麼話都說不出口。但是他長長眉毛下的那雙眼睛，卻從頭到腳打量著眼前俊美如畫的塞卓克。

終於，他開口說道：

「你見到我，有什麼感覺？」

「我非常開心。」

塞卓克回答，坐上了伯爵身旁的椅子。腳雖然搆不到地面，似乎仍坐得非常舒服，專注而謙遜的陪伴在嚴肅的祖父身旁。

「我一直想像著，爺爺您長什麼樣子，也曾想過，您是否跟我爸爸長得很像。」

「那麼，你覺得呢？你覺得我們像嗎？」

「爸爸過世時，我還很小，已經記不太清楚了，不過您似乎跟他不太像呢。」

「那麼，你很失望嗎？」

「不，沒這回事。每個人都一定會喜歡跟自己的父親很像的人啊。但是，就算您跟爸爸不像，依然是我的爺爺，我也一定會喜歡您。您一定也會喜歡您的親人吧。」

伯爵靜默不語，盯著塞卓克看。伯爵並不知道跟親人和睦相處是怎樣的感覺。一直以來，他總是跟親戚吵架、禁止對方出入城堡、說對方的不是，因此，親戚們都打從內心討厭伯爵。

「無論是哪個孩子，一定都會喜歡自己的爺爺啊，尤其是像您這樣親切的大好人。」塞卓克繼續說道。

伯爵訝異的問：

「你說我親切嗎？」

「是的，布麗姬、賣蘋果的老婆婆、還有迪克，他們都很感謝您的幫助。」

塞卓克一臉開心的說道。

「布麗姬？迪克？賣蘋果的老婆婆？」

「是啊，您不是給了我很多錢，要我幫助人嗎？哈維生先生不是說過，只要是我需要的錢，金額再大您都會給我嗎？我就把錢送給他們。」

「哈哈，你指的是這件事啊。告訴我，你用那筆錢買了什麼？」

伯爵皺著濃密的眉毛，一直盯著塞卓克看。他非常想知道這個孩子怎樣花錢買娛樂。

「啊，對了。您不認識他們，可是他們都是我的好朋友喔。他們都是好人，都在金錢上有困難。

「哈維生先生來我家的那個晚上，正巧布麗姬來我家，哭著說家裡沒有食物也沒有錢付房租。剛好哈維生先生把我叫過去，交給我一筆您要給我的錢，於是，我馬上跑去廚房，把那筆錢交給了布麗姬。布麗姬太過驚訝，剛開始還無法相信這是真的呢。所以，我才要跟您說謝謝。」

「哈哈哈，那就是你想做的事情之一嗎？除此之外，你還做了什麼呢？」

塞卓克詳細的對祖父說了迪克以及霍布斯先生的事情。

道格坐在塞卓克的椅子旁邊，非常專注的聽著兩人說話，時不時抬起頭來看著塞卓克。

道格不是那種很快就會跟人親近的狗，可是，在塞卓克的撫摸下，牠竟乖乖坐著，令伯爵相當訝異。

「迪克在出航之前，跑上船來送禮物給我呢。」

塞卓克邊說邊拿出那條紅色的絲質手帕。

「就是這個。您看，它可以圍在脖子上，也可以收在口袋裡面。我送霍布斯伯伯金錶的時候，盒子上寫著『見物如見人』，而現在每次我看到這條手帕，也會一直想起迪克呢。」

伯爵並不是會因為一點小事就大驚小怪的人，但是這件事實在太出乎意料，他遲遲無法開口，心裡湧現了一股奇特的感覺。

伯爵從未關心過任何一個孩子。他一點也不在乎他人的感覺，所以他無法理解這麼一個善解人意的孩子，是多麼地溫柔、誠實、富有愛，也不知道這顆單純體貼的心有多麼天真、多麼可愛。

以往人們來到伯爵面前，全都顯得唯唯諾諾、戰戰兢兢，然而塞卓克卻沒有一點畏懼的樣子，他自然的與伯爵攀談，打從內心相信暴躁固執的伯爵是這個世上最溫柔的祖父。這一點伯爵很清楚，老實說他的心裡也並不覺得討厭。

面對伯爵的詢問，塞卓克精神奕奕的一一回答，那模樣真的非常可愛。接著，塞卓克也主動與伯爵聊起天來。

但是，當他講到七月四日的**獨立紀念日**，還有戰爭

獨立紀念日

一七七六年七月四日獨立宣言公布之後，這一天就成為紀念美國獨立的紀念日。街上裝飾著國旗和緞帶，各地舉辦演說以及慶祝活動，鳴放代表參加大陸會議十三州的十三響禮炮，教堂也敲響「自由之鐘」。除此之外，還會舉辦郊遊、遊行、各種比賽，是舉國歡慶的紀念日。

時，他想起什麼似的，突然沉默了下來。

「為什麼不繼續說了呢？」

伯爵催促道。

塞卓克坐在椅子上，扭捏不安的說：

「我想，您應該不會喜歡我說這些話。您所認識的人也許還參加了那場戰爭。我忘了您是英國人了。」

「沒關係，你繼續說沒關係。我認識的人並沒有參加那場戰爭。不過，你可不要忘了自己也是英國人。」

「不，我是美國人。」

塞卓克斬釘截鐵的說道。伯爵苦著臉說：

「你是英國人，你的父親不就是英國人嗎？」

他半開玩笑的說道，但對塞卓克而言，這似乎是不容開玩笑的大事。

「因為，我是在美國出生的，所以**我是美國人**才對。霍布斯伯伯說，今後英美若發生了戰爭，我必須站在美國那邊才行。」

「哦？這樣啊。」

伯爵露出了苦笑。伯爵雖然很討厭美國跟美國人，但是看到眼前這個小小的愛國者如此袒護美國，卻覺得相當有趣。他心想，這孩子現在是如此不卑不亢的美國人，相信他長大之後一定也可以成為堂堂正正的英國人。

不久，即到了晚餐時間，塞卓克走到祖父身旁，看著他因痛風而腫脹的腿，體貼的說：

「爺爺，您可以搭著我的肩膀走路。之前霍布斯伯伯腳受傷的時候，也是這樣扶著我走路的。」

站在一旁隨侍的僕人，差一點忍不住笑了出來。在身分地位如此高貴的人家裡，僕人亂笑是一件失禮的

我是美國人（第93頁）

美國屬於國籍法中的屬地主義，只要是在美國的領地出生，就擁有美國國籍，跟屬人主義的英國不同。

事，所以他很努力盯著伯爵頭上那幅醜陋的畫，才好不容易忍住。

伯爵將塞卓克從頭到腳打量一遍，接著故作冷淡的問道：

「你覺得你做得到嗎？」

「可以，我很強壯喔。您一邊撐著那根拐杖，另一邊身體靠在我身上就可以了。迪克也誇獎過我雖然只有七歲，力氣卻很大呢。」

塞卓克為了讓伯爵看看他曾被迪克稱讚過的手臂肌肉，他緊握著手，將手臂舉至肩膀，用力展現他的二頭肌，那個表情實在太過認真，僕人只好直盯著那張醜陋的畫，強忍笑意不笑出來。

「好，那你就試試看吧。」

伯爵說完後，一隻手撐著拐杖，另一隻手放在塞卓克的肩膀上，站了起來。

借肩膀讓伯爵靠著走一直是那名僕人的工作，只要一不小心弄痛伯爵，就會被罵得很慘，他總是害怕得發抖。

但是，這一次伯爵的腳雖疼，卻一句話也不抱怨，因為他想考驗塞卓克。塞卓克看著祖父疼痛的那隻腿，緩緩的邁出步伐。

「您靠在我身上沒關係，我會慢慢走。」

伯爵對塞卓克而言是相當沉重的負擔，才走了兩、三步，他的小臉已經發紅，胸口開始深深的起伏。但是，他想起迪克對他的稱讚，還是非常努力的撐了下來。

「不用……在意我……請您靠上來吧，我沒問題的。如果……如果，距離不是太遠的話。」

他喘著氣說道。

到餐廳的距離不是很遠，塞卓克卻感到好漫長。伯爵每走一步，放在他肩膀上的手就更加沉重，他的小臉越來越紅，呼吸也越來越急促。但他從未想要放棄，即使每一步走來都搖搖晃晃，他依舊挺起身，抬著頭。

「您站著的時候腳就會痛嗎？可以試著將辣椒粉倒進熱水中，攪拌後泡泡腳，霍布斯伯伯經常這樣做，聽說**山金車酊**也很有效。」

塞卓克不停的為伯爵打氣。

道格緩緩走在兩人身旁，僕人則跟在後面。

來到餐廳一看，空間非常寬廣。伯爵所坐的那張大椅子後面，站著一名僕人。當他看到這對祖孫走進來時，忍不住驚訝的瞪大了眼睛。

好不容易，伯爵放開了靠在塞卓克身上的手，坐上他的座位。

塞卓克拿出迪克送他的手帕擦拭著臉，

「今天晚上好熱啊。爺爺您可能是因為腳不舒服而需要烤火，但對我來說，似乎太熱了一點呢。」

「因為你很認真啊。」

伯爵說道。

「不會，那不是什麼大不了的事，只是我覺得有點熱而已。任何人夏天都會覺得熱吧。」

山金車酊

萃取自菊科多年草山金車花，用來治療跌打損傷或肌肉痛的外傷藥。

塞卓克邊說邊用手帕用力擦拭他那頭汗濕的鬈髮。

塞卓克的位子跟伯爵面對面，但因為是大人的椅子，對塞卓克而言似乎太高了些。除此之外，挑高的天花板、華麗笨重的家具、身材高大的僕人、獅子般大的狗……這一切都使塞卓克顯得非常渺小。

但是，塞卓克並不因此感到畏懼。

伯爵的生活中，唯一的樂趣就是用餐，所以對料理非常挑剔，廚師都得要挖空心思做菜，萬一遇到伯爵心情不好或是沒有食慾的日子，廚師可就有得煩惱。

但是，今天伯爵的胃口似乎比平時好。他難得食慾如此旺盛，一邊動口享受美食，一邊盯著桌子另一邊的塞卓克。

以往，伯爵從未想過要聽孩子說話。但是塞卓克一開始就展現了他神奇的魅力，因此他想試試這個孩子有多大的勇氣和耐性，真的把他全身的重量都靠在那小小的肩膀上，沒想到塞卓克一點也不退卻，竟然撐到了最後，這一點讓他非常滿意。

「爺爺，您不會一直戴著**冠冕**嗎？」
塞卓克突然想起什麼似的問道。
「不，那頂冠冕不適合我，所以我不戴。」
伯爵苦笑著回答。
「霍布斯伯伯說伯爵都會戴著冠冕。不過戴帽子的時候，應該就會拿下來吧。」
「沒錯，我會拿下來。」
看到伯爵一臉認真的開著他平時不可能說的玩笑，僕人連忙把臉轉過去，用輕咳掩飾差一點笑出來的衝動。
塞卓克用完餐後，靠在椅背上，環視整個房間。
「這房子好豪華喔。爺爺，您住在這裡應該很開心

冠冕

儀式時貴族戴的頭飾。依據地位的不同，裝飾也各異，伯爵的冠冕尖端有八顆銀球，中間裝飾了八片金製的草莓葉片。

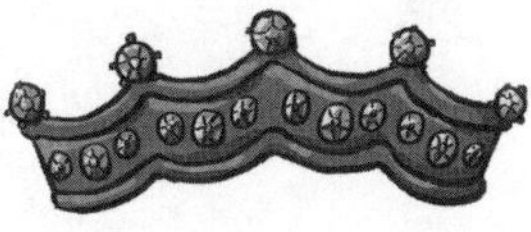

吧。外面的庭園也很寬闊、很美……」

說完後，他沉思了一下，又繼續說：

「不過，只有兩個人住的話，未免太大了。如果是兩個感情不好的人住在這裡，更會感到寂寞吧。」

「那麼，你要跟我當好朋友嗎？」

伯爵問道。

「嗯，當然啊。我在美國的時候，跟霍布斯伯伯也很要好，他是我第二喜歡的人呢。」

伯爵的眉毛動了一下。

「那你最喜歡的人是誰？」

「是媽媽。」

塞卓克低聲回答。

因為已接近他該睡覺的時間，再加上這兩、三天的忙亂，塞卓克已覺得有點累了。一想到今晚不能在最親愛的母親的陪伴下睡著，他不禁感到失落，可是也一直忍耐著。

回到書房時，高大的僕人撐著伯爵一邊的身體，另一隻手由塞卓克支撐著，但這次不像來時那麼沉重了。

僕人退下，只剩下他們祖孫兩人，塞卓克坐在暖爐前地毯上、狗兒道格的身邊。他靜靜揉著狗兒的耳朵，盯著暖爐的火看。那雙漂亮的眼睛看起來相當憂傷，一、兩聲嘆息從那可愛的小嘴漏了出來。

伯爵一直盯著塞卓克看，問道：

「方特洛伊，你在想什麼？」

塞卓克像個成年男子般強打起精神，露出微笑轉頭過去說：

「我正在想媽媽。這感覺好奇怪喔，我還是站起來走一走好了。」

塞卓克站起身來，兩手插進小小的口袋，在房間裡走了起來。他的眼睛閃閃發光，嘴脣緊閉，抬頭挺胸，步伐相當堅定。

道格懶洋洋的動了一下，盯著塞卓克看了看，也站起身來，跟著塞卓克一起走。

塞卓克將手從口袋抽出，放在狗兒的頭上。

「道格，你是我的朋友，你能明白我的心情吧？」

「到底，是什麼樣的心情呢？」

伯爵忍不住問道。

伯爵不太喜歡看到塞卓克露出寂寞的表情，但是見他一直努力忍耐著，又暗自欣喜。

「你過來。」

塞卓克來到伯爵身邊，那雙棕色的大眼睛看起來還是有點困惑。

「我從未在別人家過夜，我想任何人離開自己家到城堡過夜，應該都會覺得很奇怪吧。不過，媽媽離我不是很遠，她要我記住這一點。

「我已經七歲了，是個大孩子。還有，媽媽給了我一張照片，要我想她時可以看看照片。」

塞卓克手伸進口袋，拿出一個紫色天鵝絨的小盒子。

「就是這個，只要按下這邊的彈簧，看，就可以打開了，媽媽就在裡面喔。」

塞卓克靠著伯爵放在椅子扶手上的手臂，打開小盒子，露出微笑，抬頭望著伯爵。

伯爵皺起眉頭，他不想看那照片，但仍忍不住瞄了一眼，看到了一張美麗年輕的臉孔，跟塞卓克驚人的相似。

「你很喜歡你的母親嗎？」

「對啊，雖然我跟霍布斯伯伯、迪克、布麗姬都是好朋友，但是媽媽是我最好最好的朋友，我們無話不談。等我長大之後，我要努力工作賺很多錢給媽媽。」

「你打算做什麼呢？」

塞卓克坐在地板上，手裡拿著母親的照片，陷入了沉思。

「我之前想過跟霍布斯伯伯一起做生意。不過，其實我最想當的是總統。」

「那麼，我讓你當**上議院議員**如何？」

「好啊，如果不能成為總統，當議員也可以，如果那是門好生意的話。雜貨店有時生意不好，也很傷腦筋呢。」

之後塞卓克沉默不語，一直盯著暖爐裡的火看，也許是在思考雜貨店跟「上議院議員」的生意，哪一個比較好吧。

伯爵也不發一語，他察覺到內心有某種未曾經歷過的情感正在萌芽。

好一陣子，房內一片寂靜。

大約三十分鐘後，哈維生先生在僕人的帶領下走進房間。

上議院議員

英國的議會分為貴族院（上議院）與平民院（下議院）的兩院制，傳說源自於十四世紀貴族、騎士、市民各自舉辦的協議會。貴族院由世襲貴族、僅限一代的終身貴族、法官貴族、英國國教會的主教等四個層級組成，其中，像多林克特伯爵這樣的世襲貴族，是由國王或女王任命，成為終身議員。平民院由國民選舉選出。二十世紀後，代表國

　　伯爵突然站起身，彷彿在說「安靜！」似的揮了揮手。他並非刻意，只是很自然的就做出了這個動作。

　　狗兒道格將頭靠在牠的前腳上熟睡著，身旁的塞卓克一頭鬈髮枕在手臂上，也沉沉的睡去了。

民的下議院，相較於不懂民心的上議院，佔有較大的優勢。

伯爵與孫子

隔天，塞卓克一早醒來——昨天被抱到床上時，他睡得很沉，完全沒有醒來——耳裡首先傳來的是暖爐裡柴火燃燒的聲音，以及有人悄聲說話的聲音。

「道森，你要小心注意，小公子無法跟母親同住的原因，可千萬不能讓他知道。」

有人這麼說道。

「伯爵都這麼吩咐了，我當然會閉嘴不說。」

另一個聲音回答。

「可是這真的太殘忍了。夫人這麼年輕就失去了丈夫，現在又被迫與唯一且又是這麼貼心的孩子分離。

「這麼說雖然不敬，可是跟令人神經緊繃的伯爵一起用餐，小公子竟然就像跟多年好友相處時一樣自然——他就像天使般溫柔，既天真又有禮貌，甚至還一副樂在其中的樣子呢。

「昨天晚上，召喚鈴響起，詹姆士跟我去書房，伯爵叫我把小公子帶回他二樓的床上。詹姆士直接將小公子抱了起來，那張可愛的小臉蛋露出玫瑰般的粉紅色澤，頭靠在詹姆士的肩膀上，閃閃發亮的金色鬈髮輕輕垂著，簡直美得令人忘了呼吸。

「而且，伯爵在小公子面前也不像以往那般冷酷，他一直看著那孩子，還囑咐詹姆士要小心，別吵醒他了。」

此時，塞卓克翻了一個身，張開眼睛，看見房中有兩個人，一位是負責管理家務的麥倫夫人，另一位是看起來非常和善的中年婦人。

「小公子，早安。昨晚睡得可好？」

麥倫夫人對塞卓克說道。

清晨的陽光從窗戶射入，塞卓克一邊揉著眼睛，露出微笑：

「早安。我什麼時候睡到這張床上的？我一點也不記得了。」

「是的，昨晚因為您睡得很沉，就沒叫醒您，直接將您抱回二樓了。這裡今後就是您的寢室，旁邊這位是道森，負責照顧您。」

麥倫夫人說道。

塞卓克從床上起身，伸出手對道森說：

「道森太太，您好，謝謝您來照顧我。」

「小公子，您直接稱她道森即可。」

麥倫夫人微笑說道。

道森太太開心的笑著說：

「那麼，就讓我來服侍您換衣服吧。」

「謝謝。不過我以前就會自己穿衣服了，梅亞莉要做的家事很多，所以我會做的事都自己做，像是洗澡，我也是自己洗。」

「唉呀，真是了不起。不過，如果您有任何需要，就吩咐道森吧。」

麥倫夫人說道。道森太太也跟著說：

「請您盡量吩咐我。如果您喜歡的話，可以自己換衣服，但如果您有任何需要的話，我會協助您。」

「非常感謝你。有時候我釦子扣不好，那再請你幫忙。」

道森太太的丈夫死於戰爭，兒子是船員，長年在海上生活，見過很多不同國家的人和特異的風俗，每次回家，他都會帶珍奇的貝殼和**珊瑚**的碎片回來。

「小公子，我也帶了一些稀奇的東西來，您想看的時候再告訴我。」

道森太太說道。

珊瑚

珊瑚蟲聚集的石灰質骨。大多堅硬呈樹枝狀，附著在海裡的岩石上。紅珊瑚和白珊瑚可以加工做成飾品，自古以來被視為珍貴之物。

道森太太來到這座城堡之前，曾在另一座城堡工作，負責照顧一名叫吉尼絲・龐德的可愛小女孩。

「那位小姐是小公子的親戚，我想你們會有機會碰面。」

道森太太說道。

換好衣服後，塞卓克前往隔壁的房間用餐，那裡同樣非常寬敞，再過去還有其他房間，聽道森太太說那全都是他的生活空間時，塞卓克著實嚇了好大一跳。

前往擺設得美輪美奐的餐廳時，塞卓克邊思考邊說：

「我是個小孩，卻住在這麼大的城堡裡，擁有這麼多的房間，真的好奇怪，你不覺得嗎？」

「一開始您可能會覺得不太習慣，但我想不久就會

喝茶

英國有一天喝好幾次茶的習慣，尤其是下午四點至五點之間的下午茶，會喝加入許多牛奶的奶茶，搭配司康或馬芬，塗上奶油或果醬食用。在美國也很盛行喝茶。早年，美國的茶葉是從荷蘭走私進來。一七七三年，英國強迫美國只能向東印度公司購買茶葉，反英派將英國船上的茶箱丟進海裡，引發了「波士頓茶會事件」，之後成為獨立戰爭的開端。

好了，您一定會喜歡這裡的。」

塞卓克輕嘆一口氣說：

「這裡雖然很美，如果能跟媽媽在一起，那該有多好。一直以來，我都是跟媽媽一起用餐、**喝茶**，我會幫她放砂糖或鮮奶油，遞吐司給她，因為我是媽媽最好的朋友。」

「這樣子啊。您每天都能跟母親見面，就可以跟她說說這裡很多有趣的事，我相信這樣一定也很棒。

「等下您要不要四處逛逛？馬廄裡頭有很多匹馬，我想您會喜歡那裡。其中有一匹馬，您一定要見見。」

「有馬嗎？馬很高大耶。霍布斯伯伯有一匹馬，叫做吉姆，專替伯伯拉貨車，牠不鬧彆扭的時候，是很棒的馬。」

茶葉深深影響了美國的歷史。

「這樣啊。那您一定要去馬廄看看。對了，您還沒看過隔壁的房間吧？」

「那裡有什麼呢？」

「等您用完餐，我帶您去看看。」

她這麼一說，塞卓克突然很想到隔壁房間一探究竟。

塞卓克連忙吃完早餐，從椅子上滑下來說：

「我吃完了，好飽喔。我可以去隔壁房間看了嗎？」

一打開門，塞卓克往裡頭一看，興奮得滿臉漲紅，卻只是站在原地。那房間比至今見過的每一間都吸引他。

牆壁跟窗簾是明亮的色調，書架上滿是孩童會喜歡的書本，還有一張桌子，上頭擺滿了各式各樣的玩具。

「這好像是給小孩的房間呢！那是誰的玩具？」

塞卓克邊讚嘆邊問道。

「來吧，請您進去看看。這些全都是您的。」

「咦？我的！這個全都是我的嗎？是誰送我的？」

塞卓克興高采烈的衝進房裡。他簡直無法相信眼前的一切是真的。

「是爺爺吧！這些都是爺爺送我的吧！」

他高興得兩眼閃閃發亮問道。

「是的。只要您能在這裡開心的過日子，伯爵什麼都願意給您。」

這個早上，塞卓克簡直一刻都無法靜下來。無論哪本書、哪個玩具，都是那麼新奇有趣，他沉迷在其中，幾乎忘了時間。

當他知道在他來城堡之前，有專人從倫敦來這裡為他布置了這麼棒的房間，蒐集了這麼多令他心喜的書本跟玩具，塞卓克真的覺得這一切太不可思議了。

「您說，有哪個孩子能有這麼溫柔體貼的爺爺呢？」

塞卓克對道森太太問道。

對於這個問題，道森太太猶豫了好一會兒，因為她認識的伯爵其實並不是那樣的人。

她來到這座宅邸還沒有多久，從僕人們的竊竊私語中聽說了很多關於伯爵的事。

「我也服侍過許多壞脾氣的主人，但從未見過像他這麼不明事理、難以應付的。」

個子最高的僕人說道。

這高個僕人名叫托馬斯，他聽到伯爵與哈維生先生討論要接塞卓克回來的事，便跟其他熟識的家僕們談論起這件事。

「伯爵說要讓小公子過最好生活，要在房間裡擺滿玩具跟書本。總之，只要引開他的注意力，相信他很快就會忘了他母親，畢竟小孩子都是這樣。」

伯爵以為所有的孩子都會如此，沒想到塞卓克所說的話、所做的事、腦袋裡所想的事情，全都跟他原先想的不一樣，所以心裡不是很痛快。

因此，昨天晚上他睡得不太好。隔天上午，他一直關在房裡，中午吃完午餐，他便將塞卓克叫了過去。

耳邊才傳來孩子從寬廣的樓梯飛奔下來，跑過走廊的腳步聲，門馬上打了開來，雙頰泛紅，兩眼閃閃發亮的塞卓克蹦蹦跳跳的進入房間。

「我一直在等您叫我過來！謝謝您送了這麼多禮物給我。爺爺，我一早就一直在那個房間裡面玩。」

「哦，是嗎？你喜歡啊。」

伯爵淡淡的說道。

「嗯，非常喜歡，我無法形容我有多麼喜歡。」

塞卓克喘著氣回答。

「那裡面有一個跟棒球很像的遊戲，是在盤子上面移動黑色跟白色的棋子，然後，用鐵線掛籌碼來計算得分。我教道森太太怎麼玩，不過她好像搞不太清楚規則。可能因為她沒玩過棒球，也有可能是我教得不好。不過，爺爺您應該知道怎麼玩吧。」

「我也不知道怎麼玩，那應該是美國的遊戲吧？是不是像**板球**那樣？」

「我沒看過板球，不過棒球的話，霍布斯伯伯倒是經常帶我去看，真的非常有趣。還是我現在去拿那個遊戲來給您看？它真的很好玩，會讓您連疼痛都忘記了。今天早上您的腳還疼嗎？」

「嗯，雖然不是很嚴重，不過還是會疼。」

「這樣的話，應該無法忘記疼痛吧。」

塞卓克擔心的說。

「那麼，如果我跟您聊遊戲的話，您會覺得很吵嗎？還是覺得很有趣？」

伯爵故作冷淡的說：

「去拿來我看看吧。」

伯爵從來沒有跟小孩子玩過。

塞卓克很快的將整箱的遊戲抱了過來，伯爵的嘴角

板球（第115頁）

英國於十三世紀左右開始，至今仍廣受歡迎的球類競賽。一隊有十一人，兩隊利用打擊板將球擊出比賽得分，也有人說板球是棒球的原型。

浮現一抹微笑。

「爺爺，我可以將那張小桌子搬到您椅子的旁邊嗎？」

塞卓克問道。

「拉召喚鈴叫托馬斯來好了，他會幫你搬。」

「我自己來就可以了，那桌子不會很重。」

「是嗎？好吧，那你就自己搬。」

看著塞卓克努力進行準備，伯爵臉上原先那抹淡淡的笑意越來越濃。

塞卓克終於將小桌子拉到椅子的旁邊，然後將遊戲的小棋子從箱子裡取出來，排放在桌子上。

「爺爺，您先玩一次試試看，很有趣喔。來，黑色棋子是您的，白色棋子是我的。這個棋子就代表著一個人，走完一圈就是全壘打得一分，然後……這樣是出局。這是一壘，二壘，三壘，再來是本壘。」

接著，塞卓克熱心的說明起遊戲規則。他比手劃腳的告訴祖父之前霍布斯先生帶他去看棒球比賽時，投手、捕手、還有打者的動作是什麼樣子，邊說邊模仿起來。

看著他靈活的動著小小的身體，彷彿勝負就在眼前，讓伯爵感到十分有趣。說明結束後，遊戲便開始了。看到他無論自己贏或對手贏，都一副怡然自得、開開心心的樣子，伯爵心想，無論任何遊戲，只要是跟塞卓克一起玩，應該都會這麼愉快吧。

過一陣子，托馬斯進來告知有訪客時，伯爵正跟塞卓克一起沉迷於遊戲當中。來客是一名穿著黑色衣服的老紳士，是附近教會的牧師。他才踏進房間一步，就看到了這意外的一幕，牧師不知所措，差點就要撞上托馬斯。

這位名叫莫道特的牧師雖然知道是自己的職責所在，卻很不喜歡拜訪多林克特伯爵。

每當伯爵的領地內有人為生活所苦，或是有病痛時，他就有責任前來這裡尋求幫助，然而每次伯爵都會怒斥：

「那些傢伙都是懶鬼、沒用的傢伙，會變成這樣都是他們自找的！」

伯爵對牧師說了一大堆難聽話，最後只給他少少的援助。如果不巧遇到痛風發作，伯爵更只會冷淡的回絕說：「我現在不想聽這些。」

因此，牧師非常不喜歡跟伯爵見面。尤其是今天，他特別不想來城堡。

他不想來的原因有二：其一是，據說伯爵兩、三天前腳就很不舒服，心情特別差，全村的人都知道。

之所以會傳到村裡，是因為有個在城堡裡工作的僕人告訴在村裡販賣針線跟零食的小雜貨店老闆娘狄波太太，於是這件事就很快傳到了每個村民的耳中。

另一個原因，對牧師而言就更加傷腦筋了。就是伯爵為了後繼有人，從美國將他的孫子接了回來。伯爵從一開始便認定這個美國孫子一定是個粗魯又任性的小孩，將來必會成為伯爵家的恥辱，所以暗自生著悶氣，十分焦躁。

莫道特牧師來的時候，走在林蔭道上，腦袋裡想著那個孩子昨天晚上剛抵達多林克特城，想必伯爵正對這個沒用的孫子感到惱恨，此刻心情應該糟透了。在這個不妙的時候一頭撞上的人，必定會成為伯爵的出氣筒。而那個倒楣鬼，「應該就是我吧」，牧師心想。

因此，當托馬斯打開門，牧師聽到了孩子開心的笑聲，著實嚇了好大一跳。

「兩出局！」

活潑、清澈、可愛的孩子聲傳來。

仔細一看，伯爵的椅子旁有一張凳子，伯爵那隻患了痛風的腳就放在凳子上。一旁有一張小桌，小桌上放著玩具。有個小男孩靠在伯爵的手臂以及不痛的那隻腳的膝蓋，由於遊戲太過有趣，小男孩兩眼閃閃發亮，雙頰因興奮染成了玫瑰般的粉紅色。

「對，兩出局了，我的運氣不太好呢。」

此時，兩人突然察覺有人走進房間。

伯爵跟往常一樣皺著眉，轉過頭來，只是看到來者是誰，沒有露出不愉快的表情，牧師看到這一幕，心裡越發感到奇怪。

「是你啊。」

伯爵用著不甚開心的語調打招呼，卻比平常還要溫柔的伸出手來。

「早安，莫道特。我有新的工作要委託你了。」

伯爵將一隻手放在塞卓克的肩膀上，將他往前一推，

「這是新任的方特洛伊公子。方特洛伊，這位是附近教會的牧師莫道特先生。」

伯爵的眼睛露出了愉快的神色，得意的將出色的繼承人介紹給牧師。

塞卓克伸出手非常有禮貌的打了招呼說：

「您好，初次見面，請多多指教。」

塞卓克曾經看過霍布斯先生正式跟新客戶打招呼，所以知道該怎麼說。

莫道特牧師忍不住微笑，一邊深深看進塞卓克的眼裡，一邊握緊他小小的手。

從這一瞬間起，他就喜歡上了眼前的這個孩子。

牧師看著眼前的塞卓克，不知不覺忘了以往與伯爵見面時那種陰沉黑暗的心情。

這世界上沒有比善良溫和的心能擁有更大的力量。一個小小孩竟然能夠一掃這間大房子沉重、灰暗的氣氛，讓這裡變得溫暖明亮。

牧師也對塞卓克打招呼說：

「很榮幸能夠認識您，方特洛伊公子。您經過辛苦的長途跋涉，平安抵達，想必大家都很欣慰吧。」

「旅途雖然很長，不過有媽媽陪伴在我身邊，我一點也不覺得孤單。而且，我們搭的船又大又漂亮。」

「莫道特，來，坐下吧。」

伯爵招呼道。

牧師坐了下來，真摯的對伯爵說：

「伯爵，真的非常恭喜您。」

「這孩子確實跟他過世的父親很像，但我希望他能青出於藍更勝於藍。話說，你今天有什麼事？這次又是誰有困難了嗎？」

看樣子伯爵今天的心情並沒有想像中那麼糟，但莫道特牧師還是有點難以啟齒，扭扭捏捏了好一會兒，才開口說道：

「是希金斯，艾吉農莊的希金斯。去年秋天他開始生病，就連孩子們也不幸得了**猩紅熱**。一連串的不幸，讓他家現在過得相當辛苦，如今要再繳交租稅，他實在付不出錢來。

「紐伊克說如果希金斯不繳租稅，就要他們離開。但是現在希金斯太太也臥病在床，所以今天他來找我，希望您能夠放寬一些時日。如果您願意再給他一些時間，他一定會想辦法交出錢來。」

伯爵露出稍微不悅的神情說：

「那些傢伙總是這套說詞。」

猩紅熱
好發在六、七歲孩子身上的法定傳染病。伴隨疼痛與高燒，全身會長出紅色的疹子，特別是舌頭上會長出鮮紅色的突起物，又稱為「草莓舌」。在歐洲最初是較輕微的疾病，容易和痲疹搞混。十九世紀初期開始惡化，根據紀錄，光是德國的薩克森地區就有四萬人死於猩紅熱。

然後別過頭去。

塞卓克站在祖父與牧師兩人中間，專心的聽著兩人的對話。他替希金斯感到焦急，不知希金斯有多少個孩子，也不知道他們的猩紅熱嚴不嚴重。

「希金斯不是那種心懷惡意的人。」

牧師有點狼狽的解釋。

伯爵氣呼呼的說：

「我聽說他是個不及格的佃農，紐伊克說他每次都遲交稅。」

「希金斯一家現在真的很辛苦，如果土地又被收走，他們一家子馬上就要餓死了。兩個孩子自從得了猩紅熱之後，身子特別弱，醫生雖然囑咐要讓他們喝葡萄酒或其他有營養的食物，但希金斯根本沒有錢買。」

塞卓克終於忍不住站起身來，往前跨出一步。

「之前麥可他家也是這樣。」

伯爵嚇了一跳，朝塞卓克看了一眼，沉吟了一下之後，說：

「對了，我忘了這裡有個慈善家。話說，麥克又是誰。」
他問道，眼底浮現慈愛的光芒。
「麥可是布麗姬的先生。他們之前也沒錢付房租，也不能買葡萄酒還有很多東西。後來，爺爺您不是給了我錢幫助他們家嗎？」
伯爵皺了皺眉頭，不過表情看起來一點也不可怕。
然後，他看了莫道特牧師一眼。
「你看看，像方特洛伊這樣的孩子，今後會成為怎樣的地主？之前我叫哈維生給這個孩子他想要的所有東西。結果，這孩子想要的，竟是給乞丐的錢。」
塞卓克慌張的搖了搖頭，大聲說：
「不是的，他們不是乞丐。麥克是很厲害的磚頭工人，此外，我認識的人，每一個都很認真工作。」
「對，他們都不是乞丐，是很厲害的磚頭工人、擦鞋匠、還有賣蘋果的小販。」
伯爵緊閉雙唇好一會兒，盯著塞卓克看，腦袋裡似乎浮現了新的想法。

「你過來。」

他說。

塞卓克小心注意不碰到伯爵會痛的那隻腳，盡可能的靠近他。

「如果是你，這時候你會怎麼做呢？」

伯爵問道。

莫道特牧師突然覺得心中一震。他在多林克特領地上生活很長的一段時間，熟知領地裡的誰有錢，誰是窮人；誰認真工作，誰又愛懶惰。

他認真打量著面前這個天真無邪的孩子，將來有一天這孩子會成為伯爵，擁有絕對的權力。

而這個頑固任性的伯爵正因為老人家一時的心血來潮，要讓這孩子決定一件很重要的事，萬一他內心扭曲、冷漠，那麼住在這片領地上的人們將會多麼不幸。

伯爵又說了一次：

「怎麼樣，如果是你，這個時候，你會怎麼辦？」

他問道。

塞卓克更靠近祖父，將小手放在他的膝蓋上。

「如果我是一個有錢的大人，我會答應那個人的請求，然後送很多東西給他的孩子。不過，我現在還小，沒有辦法做到。」

他說完後，沉默了一會兒，臉上突然綻放光芒，

「如果是您的話，什麼都可以辦到吧？是不是？」

伯爵再次凝視著塞卓克。

「哦，這是你的想法嗎？」

嘴上這樣說，他的表情卻沒有絲毫的不悅。

「我覺得，如果是爺爺的話，您可以給任何人所有美好的東西。紐伊克是誰呢？」

「是負責幫我管理佃農的人，我想那些佃農應該都很討厭他吧。」

「爺爺，您寫一封信給他吧，我現在就去幫您拿筆跟墨水來。」

塞卓克無法想像，紐伊克之所以對那些佃農這麼殘忍，是因為長久以來伯爵一直默許他如此。

「嗯。」

伯爵再次深深看向塞卓克，遲疑了一下之後，問他：

「你會寫字嗎？」

「會，可是寫得不太好。」

「那你整理一下小桌子，然後從我的桌子那邊拿**鵝毛筆**、墨水跟紙過來。」

塞卓克照著伯爵的吩咐，將**墨水瓶**和筆、紙拿來。

「好了，爺爺，我準備好了。」

「不，我是叫你寫。」

「我嗎？」

鵝毛筆
在鳥類的羽毛根部插上尖端有縱向裂痕的金屬薄片，然後沾墨水書寫文字的筆記用具。

塞卓克紅著臉說：

「讓我來寫沒關係嗎？我不太會寫字，而且可能會拼錯字。」

「無妨。就算拼錯字，紐伊克也不會抱怨。因為慈善家不是我，是你。來，拿筆沾墨水吧。」

塞卓克依照吩咐，

「那我該寫什麼才好呢？」

「『暫允希金斯的請求。』然後簽上『方特洛伊』的名字即可。」

塞卓克將手靠在桌子上，開始寫了起來。他小心翼翼的寫著，但似乎不是很順利。他努力的寫著，好一會兒才終於完成。

塞卓克有點擔心的露出微笑，將紙交給伯爵。

墨水瓶

用筆在紙上書寫文字時使用的，裝有墨水的小容器。當時，只有少部分富裕的家庭小孩，讀書時才能使用紙、筆、墨水。

「我不知道可不可以耶，這樣行嗎？」
伯爵看著那封信，嘴角浮現一抹微笑。
「沒問題，雖然有兩、三處拼錯，但是寫得很好。」
然後他將這封信交給莫道特牧師。莫道特牧師一看，信是這麼寫的：

親愛的紐伊克先生，請您站（暫）允希金斯先生的情（請）求。

方特洛伊　敬上

之所以會加上「敬上」，是因為他想起霍布斯伯伯每次寫信的時候，最後都會加上這兩個字。

莫道特牧師跟伯爵還有塞卓克道別時，懷裡揣著那封信，心裡充滿了以往拜訪多林克特城堡時未曾體會過的希望與愉快的心情。

塞卓克送牧師到門口看著他離開後，回到伯爵身邊。

「我可以去媽媽那邊嗎？我想她應該在等我。」

伯爵沉默了好一會兒，突然想起某件事似的說：

「馬廄那邊有好東西要送你。你要不要去看看？我們來搖召喚鈴叫人來吧。」

塞卓克臉紅了一下，說：

「爺爺，謝謝您。但是，我想明天再去看。我想媽媽一定等我很久了。」

「是嗎？那好吧，叫他們準備馬車吧。不過，馬廄裡有一匹**迷你馬**喔。」

塞卓克深深的倒抽一口氣，然後大叫：

「迷你馬！那是誰的迷你馬？」

「你的。」

「咦？我的嗎？」

迷你馬

身高一百四十六公分以下的小型馬的總稱。英文為「PONY」。經常用在兒童騎乘用馬、輕車用拉馬、馬術競技比賽。

「沒錯。你想看看嗎？如果你想看，我叫人把牠牽過來。」

塞卓克跳了起來，

「我有馬了！我連想都沒有想過，簡直就像作夢一樣！爺爺您真的願意什麼都給我呢。媽媽知道該會有多麼開心。」

「你想看嗎？」

塞卓克又嘆了一口氣

「我真的很想去看，但是現在我沒有時間。」

「為什麼你非得要今天去見你母親呢？不能改天去嗎？」

「嗯。因為媽媽一定一早就在想我，而我也是從早上就一直思念著她。」

「哦，這樣啊。那麼，搖鈴叫人備馬車吧。」

馬車行駛在林蔭道上時，伯爵一直不發一語，身旁的塞卓克一直說著迷你馬的事。

「媽媽該有多麼開心啊，她知道我好喜歡好喜歡迷你馬。但是，我從未想過我竟然能夠擁有一匹迷你馬。**第五大道**上有個孩子有一匹迷你馬，我經常散步去他們家看那匹馬呢。」

塞卓克靠在軟墊上，盯著久久不發一語、一臉悶悶不樂的伯爵。

「我覺得世界上沒有比爺爺更好的人了。」

他突然開口說出這句話。

「您一直在做好事，總是為了別人著想。媽媽常告訴我，為他人著想是一件最棒的事，爺爺您就是那樣的人。」

伯爵聽到自己被形容成一個大好人，覺得有些不好意思，更是說不出話來。他這一輩子還從未有過如此難以言喻的感受。

塞卓克打從心底信任伯爵，他用那雙大而澄澈的眼

第五大道
貫穿曼哈頓島正中央的大道。以此街為界，分為東西兩部分。第五十九巷道四十二巷的兩側高級精品店林立，是世界知名的購物街。此外，第五十九巷以北，沿著中央公園東側是高級住宅區。

睛看著他的祖父，繼續說道：

「爺爺您真的帶給很多人幸福呢。麥可、布麗姬、以及他們的十二個孩子，還有賣蘋果的老婆婆、迪克、霍布斯伯伯，希金斯先生跟他的太太和孩子，再加上莫道特牧師。還有迷你馬和其他好多好多，我跟媽媽也很開心。

「我剛剛用手指算了一下，爺爺您幫助了二十七個人，真的好多，竟然多達二十七人呢！」

「這些人，全都因為我而變得幸福嗎？」

伯爵問道。

「對啊，難道不是嗎？爺爺讓大家都很開心。不過呢……」

塞卓克說到此，突然有點顧慮的說：

「那個啊，人們啊，有時候不太認識對方時，就容易會有誤會。之前霍布斯伯伯對伯爵的事似乎也有很大的誤解，我打算寫封信跟他好好解釋清楚。」

「霍布斯先生覺得伯爵是怎樣的人呢？」

「那個，霍布斯伯伯他不認識真正的伯爵，一個也不認識，他的印象都是從書裡看來的。然後……爺爺，您不要生氣喔，他說伯爵全都是無理、任性、粗暴的人，還說不允許任何一個伯爵出現在他店的周圍。但是，如果他認識爺爺的話，我相信他一定會改觀。我會告訴他關於您的事。」

「你會怎麼說？」

塞卓克用力說：

「我會說我從沒見過像爺爺這樣好的人，總是關心別人，想要讓每個人都開心。等我長大以後，也要成為像爺爺那樣的人。」

「像我這樣的人嗎？」

伯爵看著塞卓克天真的臉說道。他那滿是皺紋的臉突然變紅，連忙將視線轉開，從馬車的車窗往外看。路邊有一顆高大的**山毛櫸**，陽光照在紅豔豔的秋葉上，發出閃耀的光芒。

「是的。像爺爺一樣，要是我能夠成為像您這樣的人就好了。雖然我覺得我不太可能做到，但是我會努力。」

塞卓克有些沒自信的說道。

馬車在林蔭道上繼續前進，窗外風景如舊，**風鈴草**隨著微風輕擺，小鹿和兔子聽到馬車的聲響，嚇得躲起來，鶺鴒飛起，鳥兒發出稠啾的歌聲。

塞卓克覺得心中充滿了幸福，一旁的伯爵雖然也看著同樣的窗外景色，腦袋裡所想的卻跟塞卓克截然不同。

伯爵回想自己的漫長人生從未對誰施恩，也不曾有過任何溫柔情感。他擁有大筆財富，以及龐大的權力，也曾有過年輕強壯的時候，但是那時的他只顧著追求自己的快樂，隨著年紀漸長，他坐擁財富，卻沒有真正的知心好友，只是孤單的活著。

山毛櫸（第135頁）

生長在較高山地的山毛櫸科落葉喬木。高度約三十公尺，五月會開出淡綠色的花，果實可供食用，也可當成燈油、食用油使用。灰白色的樹皮可製作染料，木質可當作建材、家具、薪柴使用。

沒有一個人發自內心的關心他。他很清楚，居住在他廣大領地上的人們，沒有一個像塞卓克說的那樣，想要成為像他那樣的人。

一直以來，伯爵絲毫不在意周遭人的想法，但是現在聽到塞卓克發自內心相信他是個不折不扣的大好人，將來也要像他看齊時，伯爵忍不住要想，自己是否真是那樣的人。

塞卓克看到伯爵皺著眉頭，心想一定是腳痛又發作，為了不吵到伯爵，他只是靜靜欣賞花草樹木、鹿和兔子，享受這一切美景。

終於，馬車穿過大門，跑了一陣子後，抵達了克特小築。僕人們才剛打開車門，塞卓克就迫不及待的跳下車去。

風鈴草

花朵猶如風鈴形狀的植物。又稱「螢火蟲睡袋」、「吊鐘人蔘」等。

伯爵從沉思中突然回過神來，問：

「到了嗎？」

「對啊，到了。來吧，爺爺，我把您的手杖遞給您。下車的時候，您靠著我就可以了。」

「我不下車。」

伯爵冷淡的回答。

「為什麼呢？您不見見我媽媽嗎？」

塞卓克驚訝的喊了出來。

「不，我就不去見你母親了。你去跟你母親說吧，告訴她，就連新的迷你馬，也留不住塞卓克的心。」

「媽媽一定會覺得很失望，她應該很想見見您。」

「我可不這麼認為。等你該回家時，我再派馬車來接你。托馬斯，叫傑佛瑞記得駕馬車過來這裡。」

托馬斯關上馬車的門。

塞卓克感到困惑，但他沒有多想，轉身衝向屋裡。就算只快一秒也好，他想快一點見到母親，他的動作說明了他的心情。

即使馬車動了，伯爵仍然一直盯著窗外看。他從林蔭間看到庭院的門被推開，塞卓克小小的身影一口氣奔上樓梯。然後，一個苗條纖細、年輕、身穿黑色衣服的人影從樓梯上跑了下來，兩個身影同時奔向彼此。塞卓克奔進母親的懷抱後，突然抱著母親的頭，在她那張年輕美麗的臉上親了又親。

在教堂

隔週的星期日，莫道特牧師的教會聚集了特別多人。以前的禮拜日從未有這麼多人聚集在這裡，就連從沒來聽過講道的人都來了，甚至還有人特地從隔壁村子趕來。

村民大多是十分和氣、一身黝黑的農人，以及他們健壯、開朗、臉頰像蘋果般紅潤的妻子，她們戴著外出專用的帽子，披著特別日子才會用到的披肩，無論哪戶人家都帶著家中的五、六個孩子一起來。總之，伯爵領地內的每一戶人家幾乎都到了。

從上週，村裡的人就討論著關於塞卓克的許多趣聞。雜貨店的狄波太太就快要忙翻了，客人們來這裡花一**便士**買幾根針，花半便士買捲膠帶，其實他們只是想來聽狄波太太知道的八卦。店門掛的鈴鐺因為太多人出出入入，成天響個不停，差一點就要壞掉了。

狄波太太非常清楚方特洛伊公子的房間裡如何裝飾、買了多麼昂貴的玩具、養了一匹毛色美麗的迷你馬，甚至還有一輛迷你馬車，這些她都瞭若指掌。

另外，她還知道，塞卓克抵達的那個晚上，僕人們第一次見到他時說了什麼，女僕們都覺得將這麼可愛的小孩從他母親身邊搶走是多麼殘酷的一件事，當塞卓克獨自前去見那個壞脾氣的伯爵時，大家有多擔心。

「不過啊，珍妮佛太太你聽我說……」

狄波太太說著，

「小公子什麼都不知道——對，那是托馬斯說的——小公子竟然可以像是一出生便是伯爵的好朋友那樣，用

便士
英國的貨幣單位。英國的貨幣單位基本是英鎊，當時一英鎊等於兩百四十便士，自一九七一年起，一英鎊改為一百便士。

親暱的口吻跟伯爵說話呢。」

然後，她還說了希金斯的事。莫道特牧師在餐桌上提到這件事，他的僕人聽到，就到廚房說給大家聽，接著，流言就像野火燎原般傳了開來。

到了有**市集的日子**，當希金斯出現在小鎮上，許多人都去問他這件事。

紐伊克也一樣，有兩、三個人從紐伊克那邊看到了上頭有「方特洛伊」署名的信。

因此，農夫的太太們無論是一起喝茶時間還是上街買菜，完全不缺話題，可以聊個夠。所以到了這個星期日，村裡的婦人全都聚集到教會來了。

伯爵幾乎不曾來過教會，但不知為何突然心血來潮，決定在這天出席。

市集的日子
在一定的場所交換物品，進行買賣的日子，也因此會有許多人聚集。

當天早上，因為教會無法容納全部的人，很多人只能在教會的院子和外面的街道上晃來晃去，七嘴八舌的討論伯爵是否真的會來。

突然有名婦人大聲說道：

「天吶，那就是艾羅爾夫人吧？好年輕、好美麗啊。」

大家一齊轉過頭去，看著朝這裡走來的一位身穿黑衣的高貴女子。

她的頭紗掀起，所有人可以見到她美麗的臉龐，以及孩子般柔軟的美麗鬈髮。

艾羅爾夫人完全沒注意到她的出現引起了騷動，一心只想著塞卓克。想起塞卓克每日都來見她，獲得迷你馬時開心雀躍的神情、騎著迷你馬一臉滿足的來找她的樣子。

此時，她突然注意到周圍的狀況。一位穿著紅色上衣的老奶奶對著她行了一個禮，又有另一個人同樣對她行了一個禮，然後說：

「夫人，願上帝賜福予您。」

接著，走過她身邊的人每個都脫下帽子。艾羅爾夫人一開始不知道大家為何要對她如此恭敬，後來發現原來大家因為她是方特洛伊公子的母親而向她致意，令她十分感動。

夫人走進教堂之後沒多久，眾人期待已久的伯爵的馬車終於駕到了。托馬斯先從馬車上跳了下來，打開車門，接著身穿黑色天鵝絨套裝，有著一頭蓬鬆鬈髮的男孩跳下馬車。

在場的每一個人都盯著那個孩子看。

「小公子長得跟上尉好像，簡直就是上尉的翻版。」

認識塞卓克父親的人們驚呼。

當托馬斯扶著伯爵下車時，一旁的塞卓克始終一臉擔心，目光溫柔的仰望著伯爵，站在日光下。當他能幫得上忙的時候，便像大人那樣伸出手，將他的肩膀借給伯爵。

看到這副光景，每個人都很清楚，塞卓克跟別人不同，他一點也不害怕多林克特伯爵。

「來吧，請您靠在我身上。大家都很高興能見到爺爺呢。」
塞卓克說道。
伯爵沒有回應他這句話，
「摘下你的帽子吧，方特洛伊，大家都在向你行禮呢。」
「咦？我嗎？」
塞卓克回應後，馬上脫下帽子，向眾人行了一個禮。
接著，這對祖孫走進教堂。穿過座位間的走道，直到他們進入有帷幕遮蔽、鋪有紅色軟墊的伯爵家專用座席為止，所有人都目送著他們。
塞卓克一到了座位，就看到對面，他的母親艾羅爾夫人正坐在那邊對他微笑，塞卓克高興極了。
接下來映入塞卓克眼簾的，是對面牆上有兩個面對面跪拜的人物雕像。一旁的外框上用塞卓克沒看過的字體雕刻著「初代多林克特伯爵，葛雷哥利．亞瑟與其夫人，愛麗森．希爾頓卡德，長眠於此。」

塞卓克輕聲說道：

「爺爺，我可以小小聲說話嗎？」

「什麼事？」

「那邊的雕像是誰呢？」

「他們是你的祖先，是好幾百年前的人。」

伯爵回答。

於是，塞卓克再次恭恭敬敬的望著祖先的雕像。

音樂響起。塞卓克非常喜歡唱歌，以前他就經常跟母親一起唱歌。當讚美歌一起頭，他也和眾人一起齊聲唱了起來。他清澈優美高亮的歌聲，就像小鳥般婉轉動聽。

伯爵出神的望著塞卓克。塞卓克兩手拿著大大的讚美歌本，微微抬起頭，一臉幸福的放聲唱著。

長長的日光斜斜的從**彩繪玻璃窗**映照入內，照得塞卓克的臉和那頭金髮閃閃發

亮。

艾羅爾夫人看到這副景象，突然感動得渾身顫抖，忍不住向上帝禱告。

她祈禱這個孩子永遠不要失去澄澈、坦率的心靈，希望突然降臨在這個孩子身上的幸福，不要成為任何不幸或災禍的根源。

昨天她緊抱著塞卓克，對他說：

「塞卓克呀，你要保持一顆善良的心，不要失去勇氣，永遠對人和善，並用你的真心待人。這麼一來，你這一輩子都不會傷害任何人，還能夠幫助許多人。但願我這個小小孩的降生，能夠讓這個大世界更加美好。塞卓克啊，這是比任何事都值得慶幸——即使，只是變得好一點點也很值得高興喔。」

彩繪玻璃窗（第146頁）

好幾種的彩色玻璃用鉛接合拼成風景和圖案。多用於哥德式建築，特別是教堂的窗戶。

塞卓克回到城堡之後，把從母親那邊聽到的話，一字不漏的轉述給祖父聽。

「那個時候，我馬上想起了您。然後，我跟媽媽說爺爺幫助了許多人，我也要跟爺爺學習。」

伯爵不安的問：

「那麼，你母親怎麼說呢？」

「她說這樣很棒！她說我們都要發掘每個人的優點，並且向他們學習。」

此時伯爵突然想起了昨晚的這件事。接著，他屢屢越過眾人的頭頂，眺望遠處孤單一人坐著的艾羅爾夫人。

伯爵與塞卓克祖孫兩人要離開教會的時候，許多人夾道等著他們通過。

一名因長年辛苦勞作而削瘦的中年農夫手拿著帽子站在路旁，看到兩人，他向前跨一步，顯得有些猶豫不決。

「啊，是希金斯啊。」

伯爵說道。

塞卓克轉過頭說：

「他就是希金斯先生嗎？」

「沒錯，他應該是想來見見新地主吧。」

伯爵冷淡的說道。

希金斯那張曬得黝黑的臉因緊張而漲紅，他說：

「是的。紐伊克先生說，是公子您答應了我的要求。如果您允許的話，我想當面跟您道謝。公子，真的非常謝謝您，我真的……」

希金斯還沒說完，塞卓克連忙打斷說：

「我只是負責寫信而已，那都是爺爺的善心，爺爺一心都為他人著想呢。您的太太康復了嗎？」

希金斯聽到塞卓克將伯爵形容成一個善良體貼的人，嚇得說不出話來。

伯爵聽到這樣的形容，不禁有些不好意思。

「怎麼了，希金斯。」

伯爵苦笑著說道：

「看樣子你們都錯看我了，只有方特洛伊知道真正的我是怎樣的人。好了，方特洛伊，上馬車吧。」

馬車在綠蔭小徑上前進，轉了個彎之後，駛上了寬廣的道路，此時，伯爵的臉上依舊帶著苦笑。

練習騎馬

這陣子，伯爵越來越常露出苦笑了。在塞卓克來之前，他因寂寞和足疾帶來的疼痛，對長達七十年的人生已感到厭倦。

伯爵雖然住在美輪美奐的房子裡，卻只能孤單的將一隻腳擱在凳子上，怒罵那些一看到他就嚇得膽戰心驚的僕人，這樣的日子沒有任何樂趣可言。早年，他身體還健朗時，也曾經假裝享受的到各地去旅行，可是他從未真心感到有趣。

健康狀況開始走下坡之後，他對任何事都感到厭煩，整天關在多林克特城裡，忍受著他那隻腳的疼痛，閱讀報紙和書本打發時間。他覺得每一天都好漫長，脾氣越來越暴躁，變得非常易怒。

此時，塞卓克來到他身邊。伯爵第一眼就喜歡上這個可愛的孫子，給予塞卓克協助希金斯的力量，也只是為了自己開心，覺得塞卓克的善行會成為人們口中的傳說，在佃農們的心中有好評價，其實他一點也不覺得希金斯可憐。

塞卓克第一次騎迷你馬的那個早上，伯爵非常開心，幾乎忘了腳痛。

雖說是迷你馬，體型還是不小，任誰第一次騎馬都會害怕，伯爵想看看塞卓克會不會恐懼退縮。

不過，塞卓克卻顯得非常興奮，迫不及待的跨上馬，然後由馬伕威金斯牽著**韁繩**，在書房的窗戶前走來

韁繩
綁在馬銜上，用來操縱馬兒的繩子。

走去。

「我坐得夠挺嗎？」

塞卓克向威金斯問道。

「馬戲團的人騎馬時都坐得很挺呢。」

「公子，您坐得很挺，就像是一枝箭一樣。」

不久，塞卓克已經無法滿足只是讓人牽著韁繩散步。他對著從窗戶看著他的祖父說：

「我可不可以自己騎騎看？可以走得快一點嗎？第五大道的那個孩子都騎著迷你馬兒奔跑呢。」

「你想要嘗試**慢步**或**快步**嗎？」

「嗯，我想試試看。」

伯爵對威金斯使了一個眼色。

威金斯跑去牽他的馬騎了上去，並拉著塞卓克那匹

慢步

慢步是位於對角線上的前腳與後腳同時走動的跑法。速約九至十五公里。（如左圖上）

迷你馬的韁繩。

「來，你試試慢步吧。」

伯爵說道。

接下來這個小小騎師很認真學騎馬。他知道慢步不像行走那般輕鬆，當馬兒跑得越來越快，就會越難騎。

「好、好晃、好晃喔。你、你也覺得很晃嗎？」

「不會的，公子，您很快就會習慣了。請您將腳確實踩在**馬鐙**上。」

威金斯這麼說之後，

「我、我……一、一直都……都踩著。」

塞卓克的身子上上下下搖晃，他覺得不是很舒服。

塞卓克喘著氣，小臉蛋紅撲撲的，用力抓著韁繩，努力讓身體保持直挺。

快步

快步是前腳與後腳各自對齊，以後腳用力踢地面的奔跑方式，時速約二十公里。（如右圖下）

馬鐙

位於馬鞍兩側，用來放腳的地方。

伯爵將這一切看在眼底。

「看樣子他不太害怕呢。」

伯爵故作冷淡的說道。

「是啊，公子一點也不害怕呢。我至今教過不少孩子，像公子騎得這樣穩的，我還是第一次看到。」

老伯爵嚴肅的臉上露出了一絲微笑，長長眉毛下的眼睛閃耀著喜悅的光芒。

之後，無論是大馬路、籬笆叢間的小徑上，村人沒有一天不看到有兩個人騎馬奔馳著。

村裡的孩子們都爭先恐後的跑出家門，爭著要看塞卓克騎著迷你馬奔馳的模樣。塞卓克會對著他們揮舞帽子，大聲打招呼：

「早安啊。」

有時他也會停下馬兒，跟來看他的孩子們聊天。

有一次，塞卓克看到一個腳不方便的孩子在放學回家途中停在路邊休息，於是他下馬讓那孩子騎在馬上，要將那孩子送回家去。

威金斯趕忙說：

「還是讓他來騎我的馬吧？」

「那麼大的馬兒，他坐起來應該會不舒服。」

塞卓克拒絕了。

「威金斯，那孩子的腳不方便，我可以用走的，而且，我很想跟他聊聊天呢。」

語畢，他硬是讓那孩子騎上迷你馬，自己則將兩手插進口袋裡，帽子往後戴，然後悠閒的吹著口哨，跟在馬旁邊走著，一邊跟那孩子攀談。

來到那孩子的家門前，塞卓克脫下帽子說：

「夫人您好，令郎腳痛，於是我送他回來了。他那根拐杖似乎不太好用，我會請我爺爺幫他準備一根好用的枴杖送來給他。」

孩子的母親又驚又喜，眼眶泛淚，只能一直不停的道謝。

回到城堡，伯爵聽了威金斯的報告，並沒有像威金斯擔心的那樣發怒，反而大

笑了起來。

兩、三天後，多林克特伯爵家的馬車停在那個腳不方便的孩子家門口，塞卓克跳下馬車，將一支看來相當堅固的全新拐杖扛在肩上，在門口將拐杖交給那位母親時這麼說道：

「爺爺要我跟您問好。然後，請將這根拐杖交給令郎。爺爺和我都希望令郎能夠輕鬆一點。」

塞卓克轉身上了馬車之後，對爺爺說：

「我跟那位夫人說爺爺您跟她問好。雖然爺爺什麼都沒說，不過我想您應該是忘記了。這樣說可以嗎？」

聽到他這麼問，伯爵又忍不住大笑，沒有說不可以。

祖孫兩人的感情日益親密，塞卓克深信祖父很有人情味且待人親切。

塞卓克的願望不管說出口或沒說出口的，全都實現了。他想要的東西全都可以馬上得到，想做的事情也全部能實行，有時塞卓克反而覺得困惑。

這對孩子的教育來說並不是一件好事。就算是個性坦率的塞卓克，如果沒有每天在克特小築跟母親一起共度的那段時光，很有可能就此被寵壞。

艾羅爾夫人一直留心並溫柔的守護著塞卓克。他們每次見面，都會聊非常久，塞卓克要回到城堡時，艾羅爾夫人都會親吻他的臉頰，並且叮嚀他一些事，要他牢記在心。

只有一件事，塞卓克無論怎麼思考都想不通。沒人知道這件事在他心中已經很久了。

這件事就連他的母親也不知道，更何況是伯爵，絲毫未察覺塞卓克心裡一直掛念著這件事——塞卓克覺得非常奇怪，為什麼母親跟祖父兩人不願意見面。

伯爵就算搭乘馬車來到克特小築前，卻從不願下車。就算在教堂，也只有塞卓克會跟母親說話。雖說如此，城堡的**溫室**還是會每天都送水果跟鮮花到克特小築。

這是為什麼呢？在塞卓克心中，這個謎團遲遲無法解開。

伯爵跟塞卓克第一次出現在教會後約一週，發生了一件事。

塞卓克想要去找母親，在玄關等他的卻不是以往由兩匹馬拉的大馬車，而是一匹棗紅色馬拉的小巧**四輪廂型馬車**正在等著他。伯爵說：

「這是你送給你母親的禮物。在鄉間道路上走路並不容易，一定需要馬車不可。車伕會負責照料馬和馬車。聽好了，這是你送給你母親的禮物。」

塞卓克開心的跳了起來。在抵達克特小築之前，他一直雀躍不已，無法冷靜下來。

母親正在院子裡摘玫瑰花。塞卓克跳下馬車，跑近母親身邊，大喊：

「媽媽！媽媽，您一定無法相信，但是這輛車是您的喔，爺爺說這是我送給您的禮物。今後無論您要去哪裡，都可以搭這輛車去了。」

溫室

為了培育熱帶植物或非當季的植物，以玻璃隔離外部，可調節光線、溫度、濕度的建築物。

看塞卓克那麼開心，艾羅爾夫人不知該怎麼回應他才好。即使是視自己如仇敵的人所送的禮物，她也無法拒絕，以免讓眼前如此開心的塞卓克失望。

她不得已只好抱著玫瑰花與塞卓克一起坐進馬車，搭著馬車在外兜風。這段期間，塞卓克一直在說伯爵是多麼溫柔善良的好人。

隔天，塞卓克寫了一封信給霍布斯先生。這封信非常長，他寫完草稿之後，就拿去請伯爵幫他看一下。信的內容如下：

霍布斯伯伯，我想告訴您關於我爺爺的事。我爺爺是個很好的伯爵。您之前誤會說伯爵都很任性殘暴，如果您多了解爺爺，相信你們一定可以成為好朋友。

四輪廂型馬車（第161頁）可以乘坐四人，有四個車輪的廂型馬車。自十八世紀四輪廂型馬車登場之後，馬車在英國成為主要的交通工具。

爺爺的腳有痛風，會很痛。我越來越喜歡我的爺爺。我相信如果是個親切的伯爵，任誰都會喜歡吧。

爺爺什麼都懂，但是他沒有打過棒球。

爺爺送了迷你馬跟馬車給我，他也送了一輛漂亮的四輪廂型馬車給母親。還有，我有三間房間，和很多很多的玩具。

這裡是很大的城堡，院子裡有很多大樹，還有鹿跟兔子。

我已經學會騎馬了。一開始騎著馬慢步的時候很晃。馬伕叫威金斯。威金斯說以前城堡的地下有牢房。

這裡的人每一個都很親切而體貼。我很想念您。我也好希望媽媽能夠跟我一起住在城堡裡。除了想念媽媽，其他時候我都很幸福。

我很喜歡爺爺。這裡的人也跟我一樣喜歡他。希望很快可以收到您的來信。

您的老朋友　塞卓克　敬上

追記
牢房裡沒有人。爺爺不會把人關在牢房裡。
追記
爺爺是個很棒的伯爵，非常受人歡迎喔。

伯爵讀完這封信後，問道：
「母親不在身邊，你覺得很寂寞嗎？」
「是的，我很寂寞。」
塞卓克抬頭望著爺爺，把手放在他的膝蓋上。
「爺爺，媽媽不在這邊，您不覺得寂寞嗎？」
「我不認識你的母親。」
伯爵故意這麼說道。

「我知道，所以我覺得好奇怪。媽媽說不可以問您這件事，所以我才不問。但是，我總是忍不住會去想，然後越想越不懂。

「當我很想見媽媽的時候，會從窗戶往外看。然後，從樹枝的間隙，可以看到媽媽每晚特地為我點的燈。每當天黑的時候，媽媽就會將一盞**燈**放在窗邊，從這裡可以看到遠方燈火搖曳，我知道那盞燈在對我說什麼。」

「說什麼呢？」

「就是啊，『塞卓克，晚安。願上帝一整晚守護你』。我跟媽媽在一起的時候，媽媽總是這麼說的。然後，到了早上之後，她會說『願上帝保佑你這一整天』，所以我一直都很平安。」

燈

使用石油作為燃料的燈具，在被電燈取代之前一直是主要的照明器具。有放桌上型或吊掛型等各種造型。

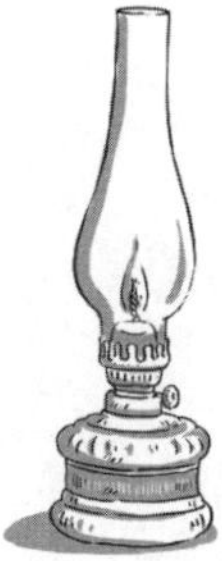

「你說得有道理，一定是這樣沒錯。」

伯爵故作冷淡的回道。

之後，伯爵突然皺起眉頭，彷彿要看穿塞卓克似的盯著他看，塞卓克不知爺爺心中在想什麼，只是覺得好奇怪。

窮人們的處境

最近，多林克特伯爵思考了許多以前從未曾想過的事情，而這些事全都與塞卓克有關。

對於極好面子，卻又為了兒子的不成才而失望的伯爵來說，向別人炫耀任誰見了都會讚不絕口的小孫子，實在是太令他愉快了。

伯爵想讓塞卓克知道他擁有多大的力量，以及伯爵這個的頭銜有多麼的可貴。伯爵甚至偷偷想過，要是以往他的作為能更高尚、更值得驕傲的話，現在就不用擔心天真無邪的塞卓克知道真相了。

要是塞卓克聽到他的祖父被稱作是「多林克特的壞伯爵」，不知會怎麼想。一想到這裡，就連高高在上的伯爵都灰心喪氣，這是他唯一不希望塞卓克知道的事。

這段日子，伯爵經常忘了腳痛，身體狀況好得連醫生都驚訝。

某天早上，村民們看到塞卓克跟多林克特伯爵祖孫兩人騎著馬，全都嚇了好大一跳。

提出這個計畫的是塞卓克。那天，當他正要騎上迷你馬時，突然一臉惋惜的對伯爵說道：

「如果我能夠跟爺爺一起騎馬，那該有多開心啊。因為我出門，爺爺就會一個人孤零零的待在這座大城堡裡。一想到這點，我就覺得好難過，如果爺爺您也能騎馬就好了。」

沒多久，馬廄突然接獲要給伯爵專用的馬兒賽立姆上馬鞍的命令，整個馬廄為之騷動。

自那天開始，幾乎每天，賽立姆都會被裝上馬鞍，與塞卓克騎乘的棕色迷你馬並排。村民們也漸漸習慣看到一個表情嚴肅的白髮老人，乘著一匹灰色的大馬。

有時候，伯爵會叫塞卓克試著讓馬兒全力奔跑。此時，塞卓克會挺直身子，毫不猶豫的策馬奔馳，伯爵則一臉驕傲的看著他的身影。

就這樣，祖孫兩人經常沿著籬笆叢小徑或在寬廣的鄉間道路上邊騎馬邊聊天。伯爵更加了解塞卓克的母親是個怎麼樣的人。

這段期間，伯爵得知塞卓克的母親艾羅爾夫人並不是每天無所事事。

他聽說艾羅爾夫人與窮人們非常親近，據說那輛小巧的馬車經常停在病人、因悲傷而意志消沉的人或為貧窮而煩惱的人家門口。

「那個，爺爺……」

有天，塞卓克開口說。

「每次有人遇到媽媽，都會上前打招呼祝福她：『願上帝賜福予您』，就連小孩也很喜歡黏著她。媽媽說她覺得自己好富足，所以更想去幫助那些有困難的人。」

當伯爵知道艾羅爾夫人是個年輕美麗，並且優雅得足以被稱為公爵夫人的女性時，他一點也沒有任何不快的感覺。另外，聽到窮人對艾羅爾夫人的評價很好，大家都很仰慕她，伯爵更是沒有絲毫不開心。

雖說如此，當他知道塞卓克心中滿滿都是母親時，還是有種難以忍受的嫉妒。因為他想要獨佔塞卓克。

某天早上，伯爵將馬停在山丘頂端，用馬鞭指著眼前一望無際的美麗草原說：

「塞卓克，你知道這一大片土地全都是我的嗎？」

「這些都是爺爺的嗎？一個人擁有這麼廣闊的土地，應該很辛苦吧。」

「這些總有一天都將變成你的。你知道嗎？不只是你眼前所見的這些，還有更多更多。」

「這些，都將成為我的嗎？什麼時候呢？」

塞卓克有些害怕的問道。

「等我死掉之後。」

「那我不想要了，我希望爺爺您能夠長命百歲。」

伯爵用他慣有的冷淡語氣說道：

「你真是個善良的孩子。不過，總有一天，這些都屬於你的時刻將會到來。」

塞卓克眺望著遠方的田野、樹林，以及寧靜的村莊，不知為何嘆了一口氣。

「你在想什麼？」

「我在想，為何我是個小孩子……還有，我在想媽媽說的話。」

「她說了什麼？」

「媽媽說，要成為一個偉大的有錢人不是一件簡單的事。擁有許多東西，很容易就會忘了要讓其他人也跟自己一樣幸福。所以，擁有財富的人要經常提醒自己，要多為他人著想。

「我跟媽媽說爺爺您對別人很好，媽媽說這樣很棒，因為一位伯爵擁有無所不能的力量，如果只顧著自己的享樂，卻沒有顧慮領地裡的居民，當這些人生活有困難的時候，伯爵就可能不會察覺到——但是要照顧到這麼多人，非常困難。所以，剛剛看到了那麼多的房子，我就想如果我成了伯爵，該如何知道每個人生活的狀況？爺爺您是如何辦到的？」

伯爵所知道的，只有哪個佃農沒有繳納稅金以及該如何逼迫他們繳錢，聽到這個問題，令他有些不知所措。

「紐伊克會幫我調查。總之，我一定會讓你成為比我更好的伯爵。」

說完後，他有些不好意思的看著塞卓克。在回到城堡的路上，伯爵沒有再開口說一句話。

一週後的某一天，塞卓克拜訪完母親回到城堡，一臉消沉的走進書房。他坐在椅子上，盯著暖爐的火好一陣子。

伯爵知道塞卓克有心事，卻故意不開口，靜靜觀察他。

終於，塞卓克抬頭問道：

「紐伊克真的知道所有人的事嗎？」

「知道每個人的狀況，是他的工作。他是否怠忽職守？」

這麼說似乎有點矛盾，但是看到塞卓克如此關心佃農，讓伯爵非常開心，而且深受啟發。

塞卓克睜大眼睛說道：

「我聽說在村子的偏遠處，有些人的狀況很不好。媽媽說她去那邊看過，那兒的屋子非常簡陋，幾乎就要倒塌了，實在讓人擔心。

「住在那裡的人非常貧窮，生活很困苦，時常感染熱病，孩子們常常就這樣死去。因為長年受貧窮的生活所苦，大家漸漸變成壞人。

「他們的狀況比麥可和布麗姬還要糟。聽說下雨天，雨水會一直從屋頂漏下來。

「媽媽去探望了住在那裡的一位可憐女子，回來時，直到她換下所有的衣物為止，都不許我靠近她。跟我說這些話的時候，她的眼淚流個不停。

「我跟媽媽說，爺爺一定不知道這件事，我要回來告訴您。」

塞卓克邊說邊滑下椅子，然後靠在伯爵的椅子上。

「如果是爺爺您的話，一定會好好照顧那些人。無論什麼時候，您都會善待他們吧。我跟媽媽說，一定是紐伊克忘了跟爺爺說那些人的事情。」

伯爵一直盯著塞卓克放在他膝上的那隻小手。

其實，那條被稱為「爾斯巷」的人們過著怎樣悲慘的生活，伯爵早已聽過好幾次，但是一點也不放在心上。之前痛風發作令他痛苦難忍時，他甚至還說過「爾斯巷那群窮光蛋全都死光才清淨！」這樣過分的話。

如今，伯爵對如此無情的自己感到羞恥。

「塞卓克，你希望我建造模範農舍嗎？」

伯爵撫摸著塞卓克的手問道。

「那我們明天就去好不好，媽媽說那邊的房子必須拆掉重蓋。要是爺爺去那裡，那些居民看到您一定會很高興，並且感到有希望的。」

伯爵從椅子上站起身，輕聲笑著說道：

「來吧，我們去外面走走，再好好討論這件事吧。」

語畢，他將大手溫柔的放在塞卓克小小的肩膀上。

伯爵的改變

爾斯巷半傾的房屋、孱弱的居民，對伯爵而言，的確是一大恥辱。

艾羅爾夫人第一次來到此地時，忍不住打了個寒顫。她看著那群被放著不管的孩子活得像動物一樣，沒人管教，任其自行長大，很難不拿他們跟在城堡裡、猶如王子般被大家捧在手心，豐衣足食的塞卓克比較。

艾羅爾夫人那顆溫柔聰敏的心，突然浮現了一個想法。

「只要是那個孩子的要求，伯爵都會答應。」

夫人對莫道特牧師說道。

「將伯爵疼愛孫子的心轉移到這些貧困的人身上，應該不是一件壞事，請讓我試試。」

艾羅爾夫人知道塞卓克有一顆悲天憫人的心，她將在爾斯巷的所見所聞說給他聽，相信塞卓克一定會將這件事告訴伯爵。她默默祈禱，希望能有好結果。

果不其然，讓所有人都驚異的大好結果出現了。艾羅爾夫人知道打動伯爵的心，最大的力量就是塞卓克。

伯爵來到現場一看，思考一會兒，便將紐伊克叫了過來，跟他討論很久，最終決定要拆掉爾斯巷的破屋，蓋新的房子。

城裡的人們聽到這件事都不願意相信，直到建築工人的隊伍來到這裡，開始拆除工程之後，眾人才知道是真的，不禁感到又驚又喜。大家都說，一定又是塞卓克說動了頑固的伯爵。

如果塞卓克聽到這麼多人在誇他，說他長大之後一定會成為了不起的大人物，他該有多麼驚訝啊。只是，塞卓克完全不知道這件事，他依舊在庭院裡玩耍、閱讀、騎著迷你馬，過著屬於孩子的快樂童年。

當他跟伯爵兩人騎著馬走過市場的大路，發現好多人都高興的回頭看著他們時，塞卓克心想，大家一定是因為看到他跟伯爵在一起，才會那麼開心。

「每個人看到爺爺都好開心，大家都很喜歡爺爺呢。」

塞卓克對於身為這麼偉大的人的孫子，感到非常驕傲。

伯爵期望塞卓克將來能成為可靠又傑出的青年，經常想像他有很高的聲望、擁有許多朋友以及絕大權力時的模樣。那時候，這孩子會怎麼做呢？

「如果是這個孩子的話，做什麼都能成功，我想沒有他辦不到的事。」

伯爵從來不曾告訴別人他有多愛塞卓克。

「那個，爺爺……」

有次，塞卓克讀書讀到一半，抬起頭來說道。

「我來這裡的第一個晚上，就說過我們一定會成為很好的朋友，您還記得這件事嗎？我想應該沒有人比我們更要好了吧。」

「沒錯，我們的確非常要好。你過來。」

塞卓克站起身來，來到了伯爵身邊。

「你有沒有想要什麼？有什麼是你沒有，但是非常想要的呢？」
塞卓克棕色的眼睛，突然蒙上一層顧慮的色彩。
「嗯，只有一個。」
「那是什麼？」
塞卓克沉默了一會兒，似乎是在思考。
「你說說看吧，想要什麼呢？」
伯爵再次催促塞卓克回答。
「媽媽。」
伯爵的臉色稍微沉了一下。
「你不是幾乎每天都去見你母親了？這樣還不夠？」
「但是，以前我一直都跟媽媽生活在一起啊。睡前媽媽會親吻我，早上起床時，她就在我身邊。我們想聊天的時候隨時都可以聊，不用等待。」
伯爵沉默的看著塞卓克好一會兒，好不容易才開口問道：

「你怎樣都不會忘掉你母親，對吧？」

「是的，我絕對不會忘了媽媽，媽媽也不會忘了我。我就算沒有跟爺爺一起生活，我也絕對不會忘了爺爺，一定會更加、更加的想念爺爺。」

「嗯，一定是這樣，你說得沒錯。」

塞卓克越是把母親掛在嘴上，伯爵越是感到嫉妒，這也是因為他越來越愛塞卓克的關係。

不久，又發生了其他讓伯爵擔心的事。有好一陣子，伯爵幾乎要忘了對艾羅爾夫人的憎恨。

那是爾斯巷的工程即將完工的某個晚上。多林克特城裡舉辦了大型的**晚宴**。這樣盛大的活動，已經許久不曾舉辦了。

晚宴的兩、三天前，伯爵唯一的妹妹羅利得夫

晚宴

招待客人的正式餐會（包含餐前酒、開胃菜、魚料理、前菜、肉類料理、甜點等的全餐）。在倫敦春天的社交季時，每晚都會舉辦。受邀的客人必須穿著正式服裝，於規定時間的晚間七點後抵達，在玄關由負責接待的僕人一個個唱名。餐會準備好後，由主人陪伴當天地位最高的女客進入餐廳。身後跟著男女客人排成的兩列縱隊，由女主人負責接待當

人，跟她的丈夫哈利・羅利得爵士造訪城堡。

大家都知道，羅利得夫人自從三十五年前出嫁以來，就只回來過多林克特城堡一次。所以，她第二次的回娘家，便成了村裡的大新聞，狄波太太店裡掛的門鈴又一直響個不停。

羅利得夫人雖然頭髮已經花白，仍是個優雅美麗的婦人。個性耿直的她跟世人一樣討厭她兄長的為人處事，她經常毫無顧忌的將對伯爵的不滿說出口，她自從跟伯爵大吵幾次之後，便不再往來。

即使他們兄妹不再來往了，羅利得夫人還是會聽到許多關於伯爵令人不快的傳言。有人說伯爵對妻子一點也不好，可憐的伯爵夫人去世之後，他也不管那三個兒子，其中較年長的那兩個，個性懶惰，身體又弱，簡直

天地位最高的男客。進餐時如果話題中斷，則由男客負責炒熱氣氛。餐後，女客習慣早男客一步先退至會客室聊天，留下來的男客則接著享受餐後酒與香菸。

就是伯爵家的恥辱。

某天，一位高大俊美的青年前來宅邸拜訪她。

「姑姑，我是您的姪子塞卓克．艾羅爾。已經去世的母親曾經跟我們提過您，我一直想要見您一面，今天剛好經過這附近，所以冒昧前來拜訪。」

羅利得夫人打從心底喜歡這個小姪子，將他留宿一週，盡心款待他。

這名青年一點也不像他的父親，個性溫柔、開朗，還很有活力。分別之後，夫人經常想起他，期望還有再見面的一天。

可是自從那次之後，兩人再也沒有機會見面。艾羅爾回到了多林克特城，被伯爵訓了一頓，還嚴禁他再去拜訪羅利得夫人。

之後羅利得夫人聽說小姪子去了美國，很快結了婚，她正想著該如何跟他聯絡時，便聽說伯爵跟他斷絕了關係，沒人知道他在哪裡、過著怎樣的日子。夫人對伯爵的無情感到憤怒不已。

後來，她得知小姪子客死異鄉，就連他的兩個兄長也相繼去世。

過了一陣子，她又聽說伯爵找到了在美國出生的孫子，要讓他繼承方特洛伊公子的身分，將他迎回多林克特城。當她聽到艾羅爾的兒子必須跟母親分開住，她再也忍不住了。

「天啊，這真是太過分了！想想看，那麼小的孩子被迫與母親分開，跟多林克特伯爵那樣的人住在一起，這孩子不會受到妥善的照顧，要不然就是被寵壞，成為一個無法無天的孩子。我要寫信給哥哥，好好說他一番。」

「沒用的，康士坦絲。」

羅利得爵士說道。

「嗯，對，沒用的，我也這麼想，我太了解哥哥了。但是，他這樣做真的是太過分了。」

關於塞卓克的事，不僅只是一般民眾會談論，還有一些傳言流進上流階層的耳裡，他的風評不僅止於英國的某一鄉下地方。

因此，羅利得夫人聽說了像是希金斯、腳不方便的孩子還有爾斯巷的貧民區等等的事，令她很想要見塞卓克一面。

此時，令人意想不到的是，伯爵竟然派人送來了邀請函，請他們夫婦兩人一起來多林克特城作客。

「天啊，我真是不敢相信。」

夫人驚訝得瞪大了眼睛。

「他一定是想讓你看看新任的方特洛伊公子。」

羅利得爵士夫婦抵達城堡時，已經將近黃昏時分。夫人在與哥哥見面之前，先被帶到了為她準備的房間。她換上了晚宴服，走進會客室。

伯爵站在暖爐旁，看起來既高大又威嚴。他的身旁站著一名身穿一襲黑色天鵝絨套裝，上頭裝飾有大片蕾絲領的男孩。

男孩有著一張開朗明亮的圓臉、澄澈的棕色眼睛。夫人一見到他又驚又喜，幾乎要驚呼出聲。她握著伯爵的手，就像幼時那樣直接稱呼兄長的名字。

「啊，莫利諾，這就是那個孩子嗎？」

「沒錯，康士坦絲，他就是。來吧，方特洛伊，這是你的姑婆康士坦絲・羅利得夫人。」

「姑婆，您好。」

塞卓克向夫人打招呼。

羅利得夫人將手放在塞卓克的肩膀上，打量著他好一會兒，然後溫柔的親吻他的臉頰。

「我就是你的康士坦絲姑婆，我最喜歡你父親了，你跟你父親長得實在是太像了。」

「我最喜歡人家說我像爸爸，因為大家都很喜歡他。」

夫人之後悄聲對伯爵說：

「莫利諾，怎麼會有這麼幸運的事呢。」

「我也這麼覺得。」

伯爵故意用嘲諷的語氣說道。

「他真是個很棒的孩子，我們倆的感情很好。他深信我是個完美、善良的慈善家。老實說，康士坦絲，我害怕自己會對他太著迷。」

「那麼，那個孩子的母親覺得你是怎樣的人呢？」羅利得夫人像以往一樣，直率的提出心中的疑問。

「我沒問過她。」

伯爵一臉苦澀的回答。

「那我就不客氣的說了。我不贊同你讓這孩子離開母親的做法。我會盡快去拜訪艾羅爾夫人。如果你有任何意見，現在就跟我說吧。據我所知，這孩子之所以會那麼懂事，全都是因為他母親教子有方。你的領地裡那些貧窮的佃農都很景仰她，就連這件事都傳到我們羅利得那邊了。」

「那些人景仰的，是那個孩子。」

伯爵用下巴指著塞卓克說道。

「艾羅爾夫人是個美麗的女人，我很感謝她將美貌遺傳給了這個孩子。你想見她就去，隨你便。」

伯爵邊說邊露出苦澀的表情。

羅利得夫人之後對丈夫說：

「我覺得哥哥不像我想像的那樣討厭那孩子的母親。而且，他變了許多，對那孩子的愛讓哥哥變得有人情味了。」

很快的，隔天，羅利得夫人便前去拜訪艾羅爾夫人。回到城堡後，羅利得夫人對伯爵說：

「莫利諾，我從未見過比她還要漂亮的人。你真的應該向她道謝，謝謝她把孩子教得那麼好，而你不讓她在旁邊協助你，真是太可惜了。對了，我想招待她到羅利得玩。」

「她會捨得離開孩子，到別的地方去嗎？」

「我會帶那孩子一起去。」

羅利得夫人笑著說道。但是，她很清楚伯爵不可能讓塞卓克離開他。

羅利得夫人知道伯爵這次之所以舉辦如此盛大的晚宴，就是為了向世人炫耀這個傑出的繼承人，想讓世人知道，這個孩子遠比他們傳言中的更加出色。

前來參加晚宴的人都想見塞卓克一面。每一個人都在猜想，塞卓克是否會出現在晚宴的會場。

令人期待的晚宴時間終於到來。塞卓克現身在所有的賓客面前。

「這孩子非常有禮貌。一點都不會打擾別人。一般的孩子在這種場合，不是表現得愚蠢，就是大吵大鬧——我兩個大兒子，則是兩者都有。但是，我這個孫子完全不一樣。有人問他話，他總是很有精神的回答；除此之外的時間，就保持沉默，一點也不會吵到人。」

伯爵感到很驕傲。

但是，塞卓克並沒有保持沉默太久，因為大家都來跟他搭話，每個人都想要聽塞卓克說話。

塞卓克不懂為什麼每次回話時，大家都會哈哈笑。不過，以往他也曾經歷像這樣他認真回答問題，對方反而覺得有趣的情況，所以他也不是很在意。

那天的晚宴，從開始到結束塞卓克都感到很愉快。寬廣的大廳裡點滿了閃耀的燈火，裝飾著芬芳的花朵。每個人都神采飛揚，女賓們身穿華美的禮服，頭髮上戴著閃亮奪目的髮飾。

其中有一位小姐，聽說她才在倫敦度過**社交季**，剛到這裡不久。她的美貌，讓塞卓克移不開視線。

她身材高眺，舉止優雅，有一頭柔軟的黑髮，以及如三色堇般的藍紫色大眼，臉頰跟嘴唇則像玫瑰花般鮮妍嬌豔。這位小姐穿著純白美麗禮服，戴著**珍珠**項鍊，氣質出眾，許多紳士圍繞在她身邊，向她獻殷勤。

塞卓克心想她一定是位公主。他深受吸引，忘我的

社交季
歐洲上流社會的人們夏季會到溫泉地渡假，秋季狩獵，冬天在巴黎度過，根據不同的季節享受不同的活動。春至夏季則待在倫敦自家，連日舉辦宴會與舞會，與人交流，這個時期就稱之為「社交季」。

走向她。當她回過頭看到塞卓克，露出親切的微笑，對著塞卓克說：

「請您過來吧，方特洛伊公子。您為什麼一直盯著我看？可以告訴我原因嗎？」

「我覺得您很漂亮。」

聽到他這麼回答，一旁的紳士哄然大笑，這位小姐也露出了微笑，玫瑰色的臉頰緋紅。

「唉呀，方特洛伊，趁現在把你想說的話都說出來吧，等你長大之後，可就沒有這樣的勇氣了。」

笑得最大聲的紳士說。

「可是，我相信任何人都會這麼說啊，您也覺得這位小姐很美麗吧。」

塞卓克天真的回答。

珍珠（第189頁）
珍珠貝等兩殼貝內生成的球狀物，富有光澤的白色，是珍貴的裝飾品，在西洋被當成「純潔」的象徵。

那名紳士說：

「我們可不能像你這樣隨意把心中所想的說出口。」

一聽此言，眾人又是一陣哄笑。

這位名叫薇薇安．赫伯的美麗女子伸出了手，將塞卓克拉到身邊。

靠近一看，女子顯得更加美麗。

「方特洛伊公子說出心中所想，我覺得很棒。我要向您致敬，因為您剛才所說的話，正是您心中所想。」

薇薇安小姐說完之後，在塞卓克的臉頰上親了一下。

「我沒見過像您這麼漂亮的人。」

塞卓克一派天真無邪，用充滿感動的眼神看著薇薇安小姐說道。

「除了我媽媽以外，因為在這個世界上沒有人比我媽媽還美麗。」

「您說得真好。」

薇薇安小姐露出微笑，又在塞卓克的臉頰上親了一下。

那天晚上，薇薇安小姐一直讓塞卓克待在她的身邊，塞卓克向大家說了美國的共和黨大會、他的朋友霍布斯先生和迪克，最後還得意的從口袋掏出迪克送他的紅色絲質手帕給大家看。

「今晚是宴會，所以我把這條手帕放進口袋裡隨身帶著。我想這樣做，迪克一定會覺得很開心。」

那條豔紅如火、上頭卻已沾有污漬的手帕，實在太過突兀，但是眾人看到塞卓克一臉認真懷念好友的神情，都覺得不該笑他。

像這樣子，賓客紛紛前來跟塞卓克搭話，而塞卓克也的確就像伯爵所說的那樣，絕對不會打擾別人。當別人說話時，他會安靜而專心傾聽，不讓人覺得他吵。有時，他會走到伯爵的身邊，站在椅子附近，或坐在伯爵身旁，入迷的聽他說話。看到這副情景，每個人的臉上都忍不住漾起微微的笑容。

晚宴愉快而平穩的進進行著，卻有一件事令伯爵相當在意。那就是應該在黃昏時分就現身的哈維生先生，一直遲遲不見人影。這還是哈維生先生到多林克特城為伯爵工作這麼多年以來，第一次發生的事。

直至所有賓客都進到餐廳後，哈維生先生才總算到了。他一來就走向伯爵，伯爵忍不住驚訝的盯著他看。

因為哈維生先生一副慌慌張張的樣子，原有的嚴肅已不見，臉色顯得蒼白。他在伯爵的身邊低聲說道：

「抱歉我遲到了，因為我遇上一件大事。」

這位年邁的律師平時總是十分穩重、鎮定，不論發生任何事他都不為所動，可見今天一定發生了驚人的大事，他顯得心不在焉，眼前的食物幾乎都沒動，有人向他搭話時，他還會嚇一跳，請對方重說一次。

到了甜點時間，哈維生先生看到塞卓克走進來，顯得相當在意，頻頻向他看去。

塞卓克看到哈維生先生今晚失常的樣子也感到很奇怪。他們兩人的感情很好，平時只要眼神交會就會相視而笑。但今晚，哈維生先生甚至忘了對他微笑。

原來是哈維生先生有個壞消息必須要通知伯爵，滿心只想著這件事，以至於無法顧及其他。這個消息非常重要，甚至可能顛覆至今的局面與所有人的命運。

尤其當他看到寬廣的餐廳與客廳裡只為了見塞卓克一面而來的滿滿人群，還有一臉滿足的看著可愛的塞卓克的伯爵，哈維生先生越是感到必須向伯爵報告的這則消息的嚴重性，忍不住渾身顫抖了起來。

哈維生先生不知道這場漫長而奢華的晚宴是在何時結束的。他一直坐在自己的位子上，感覺眼前這一切就像一場夢似的不真實，除了偶爾察覺到伯爵盯著他時帶著訝異的眼神。

晚餐結束後，賓客們在會客室又聊了一會兒，接著紛紛告辭，離開了城堡。

當最後一位客人離開之後，哈維生先生馬上走近暖爐旁的長椅，俯視著過於疲累而熟睡的塞卓克。然後，一臉苦惱的撫摸著自己刮得乾乾淨淨的下巴。

「哈維生，發生了什麼事？到底是什麼大事讓你這樣神不守舍。」

伯爵嚴厲的聲音在身後響起。

哈維生先生終於將視線自長椅上移開，心情沉重的開口：

「有個壞消息要告訴您，我真的感到非常遺憾。伯爵大人，這件事非常嚴重，我實在是十分不願意向您報告這個壞消息。」

「到底發生了什麼事，你快點說吧。」

伯爵對哈維生先生今晚不同以往的表現感到非常不安，忍不住變得暴躁起來。

「哈維生，你為什麼一直盯著那孩子？」

伯爵大聲怒斥。

「今晚，從你進來開始，就一直盯著他看。你說的壞消息，到底跟方特洛伊有什麼關係？」

「我就老實說吧，我要向您報告的壞消息確實跟方特洛伊公子有關。如果這個消息屬實，現在睡在這裡的這個孩子就不是方特洛伊公子，只是艾羅爾上尉的兒子而已。

「因為真正的方特洛伊公子，是您長子畢比斯的兒子，現在正住在倫敦的**廉價旅館**裡。」

伯爵的兩隻手用力捏著椅子的扶手，額頭因為過度激動而浮現青筋，臉色蒼白。

「你說什麼，你是不是腦袋有問題啊？是誰編出這樣的謊言？」

「如果是謊話就好了。今天早上，一名婦人來到我的事務所，她說六年前她與畢比斯在倫敦結婚，手上還有結婚證書。婚後一年，兩人嚴重爭吵，最後您的兒子給了她一筆分手費，跟她離婚了。

「她帶了一個五歲大的男孩子一起來找我。那個女人是個沒教養又討人厭的美國人，她一直都不知道她的兒子有何權利。

廉價旅館
以租借床位為目的的便宜旅館，通常是無家可歸的貧民或最下階層的人才會去住的地方。

「直到最近諮詢過律師後，她才知道她的孩子正是方特洛伊公子，多林克特城的繼承人。因此，她前來要求您承認那孩子的權利。」

此時，黃色靠墊上塞卓克的頭突然動了一下。

伯爵冷笑說道：

「哼，如此不知恥，果然很有畢比斯的風格。那傢伙是膽小鬼、騙子、懶惰蟲，總是讓我顏面掃地。你剛才說那個女人粗俗又沒知識，是嗎？」

「沒錯。我想，她甚至連自己的名字都不會寫，而且眼裡只有錢。不過，她確實是長得很漂亮……」

哈維生先生說到這裡驚覺失言了，忍不住渾身發抖。

伯爵擦掉額頭的汗水，苦澀的說：

「這次竟然出現了一個連自己的名字都不會寫的女人……對比之下，沒想到我之前竟然一直不願意原諒的另一個女人——那個孩子的母親。難道，這是我的報應？」

伯爵突然站起身來，在房間裡頭走來走去。
伯爵非常生氣，令人看了都覺得害怕，但他沒有忘了在椅子上熟睡的塞卓克，即使在盛怒當中，他依舊小心不要發出太大的聲響，以免吵醒他心愛的小孫子。
「我知道，我明明就很清楚，那兩個傢伙打從一出生就一直讓我蒙羞。
「我最討厭那兩個孩子，我知道他們也痛恨我，特別是畢比斯，他總是特別愛惹麻煩。但我還是無法相信，必須要再好好調查。不過，這的確像是畢比斯會幹的蠢事，很像那傢伙的作風。」
語畢，伯爵又更加憤怒，焦躁的在房間裡踱步。伯爵詳細的詢問相關事項之後，終於明白這起事件有多麼嚴重。
哈維生先生一臉擔心的看著伯爵。
伯爵看起來既沮喪又憔悴，他知道動怒對於伯爵的身體最不好。
終於，伯爵緩緩的走回到椅子旁，用粗嘎、低沉、顫抖的聲音說道：
「如果有人問我喜歡孩子嗎？過去的我，一定會回答不可能，我討厭小孩，而且最討厭的就是我自己的孩子。

「但是，只有這個孫子，能讓我打從心底覺得可愛。這個孩子也很愛我，一點也不怕我，總是打從心底相信我。

「塞卓克將來一定會成為比我更好的伯爵，一定可以榮耀我家的門楣。」

說完後，他深深看向塞卓克幸福的睡臉。

伯爵伸手撫摸塞卓克額頭上垂下的頭髮，然後轉過身去，搖了搖召喚鈴。

高個子的僕人出現，伯爵伸手指向椅子。

「帶這孩子回房去睡吧。」

語畢，這次他稍微改變語氣，命令道：

「將方特洛伊公子帶到他的寢室。」

美國親友們的擔憂

塞卓克前往英國，成為方特洛伊公子之後，他的好朋友霍布斯先生每次只要想到他們曾經那麼要好，如今兩人之間隔著浩瀚的大西洋，便感到十分寂寞。

霍布斯先生並不是那麼外向的人，若非要說的話，他其實比較遲鈍呆板、沉默寡言，所以沒有什麼知心朋友。

他也不太會找樂子，除了閱讀報紙、算算一天開店賺了多少錢之外，沒有其他的興趣了。

對霍布斯先生來說，計算當天的營業額也不是一件簡單的事，直到所有的帳都對上為止，他必須花上好長的時間。

好在，有擅長用手指、**石板**和**石筆**運算加法的塞卓克常常幫他忙。

再加上塞卓克擅長傾聽，對於報紙上所寫的事也非常感興趣，兩人經常花很多時間聊獨立戰爭、英國人、選舉、共和黨大會等話題。因此，塞卓克去了英國之後，整家店的氣氛一下就沉了下來。

一開始，霍布斯先生覺得塞卓克並不是真的去了英國，總覺得他只是出個門，很快就回來了。

他總幻想著有一天當他從報紙抬起頭來時，會突然看見塞卓克身著白色套裝，穿著紅色的襪子，草帽往後斜戴，站在入口，朝氣十足的對他說：

「哈囉，霍布斯先生，今天好熱啊。」

但是，日子一天天過去，他所盼望的事情並沒有發生，失望的霍布斯先生漸漸的坐也坐不住。

報紙讀起來不再有趣，他將讀完的報紙放在膝蓋

石板（第201頁）

在薄石板鑲上木框，從前用來練習文字或繪畫的筆記用具。隨著二十世紀初紙張的普及，漸漸不被使用。

石筆（第201頁）

將柔軟的蠟石切成細長的棒形，用來在薄石板上書寫文字或繪畫。自十九世紀以來被當成學生用品之一使用。

上，好一陣子一直盯著塞卓克之前常坐的那把高腳椅。那把高腳椅的椅腳上，還留有未來的多林克特伯爵邊說話邊踢腳時，鞋跟摩擦留下的痕跡。

霍布斯先生盯著上面的磨痕好一陣子，拿出塞卓克送他的那塊金錶，打開蓋子，又盯著上頭刻的文字看了好久。

給我的好友霍布斯先生。方特洛伊公子敬贈。見物如見人。

他對著這段文字看了很久，突然將蓋子蓋上，嘆了一口氣。站在入口的馬鈴薯箱與蘋果桶之間，眺望著馬路。

晚上關閉店門後，他在菸斗點上火，緩緩走過鋪有石板的馬路，來到塞卓克之前住的房子前。

房子掛著「吉屋出租」的牌子。霍布斯先生站在那塊牌子旁邊，搖了搖頭，猛抽著菸斗，過一會兒才悲傷的回家。

就這樣過了兩、三個星期之後，霍布斯先生一直沒有新的想法。他原本腦袋就不是特別靈活，要想出一個新的點子必須花很長的時間。

但是，經過這段時間的消沉之後，他終於開始思考新的計畫了。

這個計畫就是前去拜訪迪克。

以前他從塞卓克那邊聽到很多關於迪克的事情，所以他想，如果能夠拜訪迪克，兩人聊聊天，也許可以稍微緩解思念塞卓克的心情。

有一天，當迪克正努力擦著客人的靴子時，抬起頭發現門外有一個肥胖的禿頭男人站在路邊盯著他的招牌，久久不離去。

招牌上寫著：

擦鞋專家　迪克·狄普頓先生

因為這個人一直盯著招牌看，迪克覺得很奇怪，擦完手中的靴子之後，便上前向對方打招呼：

「您好，要擦鞋嗎？」

那個人緩緩走近，將一隻腳放在檯子上，說：

「那就麻煩你了。」

迪克開始替他擦鞋，那個人看了看迪克接著又看了那塊招牌，看完招牌又看著迪克。終於，他開口說道：

「你這塊招牌是在哪裡做的？」

「這是我朋友送我的，他還買了一整套擦鞋的工具給我。他年紀雖小，可我沒看過比他更體貼的孩子。他現在人在英國，似乎成了一名貴族。」

「那、那你說的，是否就是方特洛伊公子？聽說他將來會成為多林克特伯爵。」

霍布斯先生用他一貫的口氣，緩緩的說道。

迪克嚇了一跳，手上的刷子差點掉了下來。

「所、所以，您也認識那個孩子。」

「嗯，我認識，從那孩子一出生就認識他了，我跟他是一輩子的好朋友。」

說完，霍布斯先生便感覺到他的心狂跳著。

然後，他從口袋拿出那塊金錶，打開蓋子，讓迪克看裡面的刻字。

「這是他送給我的離別紀念，『見物如見人』他說。就算他不這麼說，我又怎麼會忘記他呢。那樣體貼的孩子，誰都忘不了啊。」

「真的，沒有任何一個孩子能勝過他啊。他是那麼神采奕奕——我從沒看過像他那樣有朝氣的孩子。他跟我也是好朋友。

「我曾經幫他撿掉到馬車下的球，那孩子一直記著這件事，還常跟他母親和奶媽一起來我這裡。你猜他怎麼著，他竟然對我說『日安，迪克。』簡直就像個成年男子對朋友說話一樣。當我遇到了什麼不愉快的事，只要跟他說說話，就會覺得心情開朗許多。」

「真的。那個孩子去當伯爵，實在太浪費了。如果讓他開食品雜貨店，不然開西服店也行，他一定會做得有聲有色。」

語畢，霍布斯先生一臉遺憾的搖了搖頭。

兩人就這麼聊了好多事，仍覺得意猶未盡，於是約定隔天晚上換迪克前往霍布斯先生的店拜訪。

這個計畫讓迪克相當開心。

迪克以前一直居無定所，四處漂泊。但他不是那種愛流浪的不良少年，總是暗自期望可以安定下來。

自從他開始獨立開業以來，好不容易賺到錢，足以有個棲身之所，他終於可以懷抱希望，許願將來能夠過上好日子。

因此，能被街角店家的店主，擁有馬匹跟馬車的霍布斯先生邀情，對迪克而言是一件不得了的大事。

「你知道有關伯爵或城堡的事嗎？我希望可以了解得更加詳細一點。」

霍布斯先生說道。

「我聽過朋友們說報上寫著相關的事情呢。」

「哦？是嘛，那明天晚上你來我那兒的時候何不順便帶份報紙過來？錢由我來付，只要是上頭寫有伯爵相關的事的報紙，全都帶來。如果沒有伯爵，公爵也可以——雖然那個孩子從未提過公爵的事。

「他好像曾提過冠冕的事。但是，我還不曾看過冠冕，那似乎不是一般的商店會販賣的東西。」

「如果有的話，應該就是**第凡內**吧。不過，我想我就算看到，也認不出來。」

霍布斯先生並未說他也一樣認不出來，只是緩緩的搖了搖頭，

「我想應該沒有人會買冠冕吧。」

就結束了這個話題。

從此，他們兩人成了好朋友。迪克去雜貨店拜訪時，霍布斯先生總是開心的歡迎他，請他坐在蘋果桶旁

第凡內

一八五一年寶石商查爾斯．第凡內在紐約第五大道上開設的貴重金屬飾品店。主要販賣銀器等，後來成為世界知名的品牌，同時也是高級精品店的代名詞。後來，查爾斯的兒子路易斯．第凡內獨立，成為有名的玻璃工藝、室內裝潢設計師。

的椅子上，用拿著菸斗的手指著蘋果說：

「想吃多少就吃多少吧。」

「這是那孩子的鞋跟踢過的痕跡。」

霍布斯先生指著上頭有磨擦痕跡的椅腳，懷念的說道：

「我有時坐在這裡，就這樣盯著那個痕跡整整一個小時，思考著世事的多變。那孩子曾坐在這裡，吃著餅乾或蘋果，如今竟已經成了一名小公子，住到英國的城堡裡。這麼說來，那可是貴族踢過的痕跡，之後還會成了伯爵踢過的痕跡呢。

「我有時候會獨自喃喃自語：『我的老天爺啊，真不敢相信事情竟然會這樣演變。』」

兩人在店內的小空間一起用餐，吃的雖然是餅乾、起司配沙丁魚等各種罐頭，霍布斯先生卻慎重的開了兩瓶**薑汁汽水**，倒在杯子裡，舉杯慶祝。

「為那孩子乾杯，並祝他好好當伯爵或公爵什麼的。」

霍布斯先生說道。

自那晚之後，兩人經常碰面，霍布斯先生原本寂寞的心得到了撫慰，不再那麼孤單。

某天，霍布斯先生收到一封來自塞卓克的信。同一個時間，迪克也拿著塞卓克的信前來拜訪。

他們都好開心，再三讀信，討論彼此信中的內容，對信中的每個字都感到無比有趣。

然後，花上好幾天的時間回信，反覆閱讀之後，才投入郵筒。

對迪克來說，寫信是一件困難的大事。他之所以會讀書寫字，是因為之前跟哥哥住在一起時，曾經讀過幾個月的夜校。

雖然只讀了幾個月，但他資質聰穎，可以用這短時間內學會的知識為基礎，挑著閱讀報紙上的內容，用短

薑汁汽水（第209頁）

加了薑的無酒精飲料。當時是在碳酸水內加入摻有濃縮薑汁的糖漿，口感與啤酒類似，也有人認為帶有藥效，喝來有益身體健康。

短的粉筆，在馬路上、牆壁上、圍牆上練習寫字。

迪克也跟霍布斯先生聊過他自己的成長歷程。

在他還小的時候，父母便都去世了，由哥哥負責帶大他。哥哥叫班，相當疼愛迪克。迪克長大後開始去賣報紙，並幫人家跑腿賺小費。

兩人就這樣相依為命，好不容易才勉強夠維持生活。後來，班在一家商店找到了一份好工作。

「然後，哥哥結婚了。唉！他要是不娶那個女人就好了。那個女人跟山貓一樣凶暴，動不動就發怒，而且一旦發起脾氣，手上的東西全都會被她撕成了碎片。

「她生的小孩就跟她一個樣，從早到晚哭個不停。我那時還得負責照顧那孩子，只要他一哭，那女人就會把她手上的東西朝我丟來。有一次她拿盤子丟我，卻不小心打到嬰兒，結果碎片割破了那個孩子的下巴。醫生說，那道傷痕會永遠留在那孩子的身上。

「那個女人一直嫌班賺的錢太少，對他大發脾氣。後來班終於受不了，離家跟朋友去了西部一起經營畜牧業。沒想到不到一個星期，那個女人也走了，有人說她去了國外。

「那個女人不生氣時還滿漂亮的。一頭黑髮加上大大的眼睛，大家都說她應該是有義大利的血統。」

班的運氣不太好，輾轉各處之後，最近終於在**加州**的某個牧場落腳，在那兒找到工作。

迪克與霍布斯先生兩人並坐在店門口聊天。

「那個女人毀了班，他真的很可憐。」

迪克說，霍布斯先生一邊將菸草塞進菸斗說道：

「他要是不結婚就好了。」

說完，他起身去拿火柴。視線突然落到櫃檯上，

「哦，有一封信呢。」

霍布斯先生伸手拿信一看，忍不住大叫：

加州

隨著美國由東邊的大西洋岸不斷往西部擴展，其開拓路線的最前端稱之為西部。特別是十九世紀在太平洋沿岸的加州發現金礦以來，吸引許多人前往挖礦。

「是那個孩子寫來的。」

那封信上是這麼寫的：

因為發生了一件不得了的大事，我在忙亂之中寫了這封信，伯伯要是知道發生了，一定也會嚇一大跳。

至今發生的事情，全都是誤會。原來我不是貴族，將來也不用成為伯爵了。

我已去世的大伯父畢比斯結過婚，有一個兒子，他才是方特洛伊公子。我的父親是祖父最小的兒子，所以我不是方特洛伊公子，只是塞卓克・艾羅爾。

我一開始還想要把迷你馬和馬車還給真正的方特洛伊公子，但是祖父說我不用還沒關係。

祖父現在非常苦惱，因為他不喜歡大伯父的太太。

我比自己想像的喜歡成為伯爵，因為成為伯爵就有能力做很多事。

我現在已經無法成為伯爵，也不能成為有錢人。為了將來可以照顧母親，我想

我應該學習某種技能才好。如果我跟威金斯學習怎麼照顧馬兒的話，也許就能成為一個馬伕了。

大伯父的太太帶著她的孩子來城堡，祖父跟哈維生先生見了她並談了很久。後來她說話越來越大聲，我想她應該是生氣了。

祖父也生氣了。我第一次看到他這麼生氣，我好希望大家都不要生氣。

我想，伯伯跟迪克應該想知道這件事吧。

塞卓克．艾羅爾（不是方特洛伊公子）寫於多林克特城

霍布斯先生手中的信落在膝蓋上，他頹然坐在椅子上。

「天啊，出大事了，怎麼會這樣啊。」

他嘆氣說道。

迪克也非常沮喪。

「看來事情將變得十分混亂。」

「實在有夠糟。一定是因為那些英國的貴族為了奪取那孩子的權利，才想出了這樣的詭計。自獨立戰爭之後，他們就對美國人心懷怨恨，他們一定是把氣都出在那個孩子身上。

「之前我就說這件事很危險。說不定，英國政府會傾盡全力，用法律的手段奪走那個孩子應繼承的財產。」

霍布斯先生相當激動。原本不樂意見到塞卓克成為伯爵的他，最近才總算為他的小朋友感到驕傲。

這天晚上，霍布斯先生留住迪克聊到很晚。送迪克回去之後，他再次站在那間空屋子前，盯著那塊寫著「吉屋出租」的牌子良久，一臉擔心的抽著菸斗。

繼承權之爭

晚宴結束後沒過幾日，整個英國的報紙都在報導多林克特城的繼承人問題。關於塞卓克、他年輕又美麗的母親、自稱是已故畢比斯妻子的女子、該女子的兒子，以及這個孩子才是真正的方特洛伊公子……等等，這些細節成為大家茶餘飯後的話題。

傳言說多林克特伯爵並不相信畢比斯妻子的說詞，即使要打官司也在所不惜。阿爾波諾地區從未有過如此大的八卦。

到了每月一次的市集日，人們又聚集起來，大家都在猜測這件事將如何發展。農婦們互相邀約喝茶，彼此交換所聽所聞，發表自己的看法，也想知道別人怎麼看。

得到最多消息的還是狄波太太，畢竟有好多客人為了聊八卦而來到她店裡。

「看樣子，情況不是很樂觀。這都是上天要懲罰伯爵將那可愛的孩子從那麼年輕、美麗的母親身邊帶走。伯爵很疼愛那孩子，以他為傲，為了此次的事，他簡直快要瘋了。

「而且，這次來的女人，跟艾羅爾夫人完全相反，非常粗俗，厚顏無恥，托馬斯說，沒有一個僕人願意服侍她……要是她成為城堡的女主人，他們就要馬上辭職。

「托馬斯還說，她的孩子完全比不上現今的公子，真不知道今後事情還會變得有多糟糕。」

此時，城堡內也是鬧得一團亂。伯爵正跟哈維生先生在書房討論。

在傭人房這邊，托馬斯、僕人總管以及其他的僕人正竊竊私語、議論紛紛。

在馬廄，威金斯一臉憂鬱，特別用心的照顧著塞卓克的迷你馬，他對著車伕一臉悲傷的說：

「我從未遇過這麼輕易就學會騎馬的孩子，在他身後看他騎馬特別愉快。」

在這陣騷動之中，只有一個人最為沉著冷靜，那就是塞卓克。

事情剛爆發時，塞卓克也是一臉擔心、困擾的樣子。伯爵對他說明的時候，塞卓克抱著膝蓋，坐在椅子上，等伯爵說完，他認真的問：

「我心裡有種好奇怪的感覺……嗯，很怪。」

伯爵無言看著塞卓克。他的心情也很複雜，以往從未有過這樣的感覺。

看到原本總是一臉幸福、充滿活力的塞卓克如此困擾，他的心情更是一沉。

「他們會奪走媽媽住的家嗎？還有那輛馬車。」

塞卓克不安的問道。

「不會。」

伯爵斬釘截鐵的大聲說道。

「他們無法從你手中奪走任何東西。」

塞卓克鬆了一口氣。接著又擔心的問道：

「那，大伯父的孩子也會像我之前那樣，成為您最疼愛的孫子嗎？」

他顫抖著問道。

「不會，不會有這種事。」

伯爵的聲音實在太大，塞卓克嚇得幾乎要跳起來。

「咦，不會嗎？我還以為一定會是這樣呢。」

他突然從椅子上站起身來，

「就算我無法成為伯爵，仍舊是您的孫子嗎？像之前那樣？」

他那張可愛的臉，激動得滿臉通紅。

「我的孫子？當然，只要我還活著，你就是我最疼愛的孫子。除了你之外，我不會承認任何人是我的孫子。」

伯爵的聲音顫抖沙啞，斷斷續續的說著。

「那我就算不當伯爵也沒有關係。我還以為如果不能當伯爵，就無法當您的孫子了，心裡總有種奇怪的感覺。啊，這麼一來，我就安心了。」

伯爵將手放在塞卓克的肩膀上，將他拉近自己，

「我要給你的，絕對不會讓那些傢伙的任何一根手指碰到。」

他加重語氣說道。

「我不允許那些傢伙染指任何屬於你的東西，你生來就是為了當伯爵。

「無論發生任何事，我都不會放棄。我所擁有的，全都要給你。一切、所有的東西，全都要給你。」

伯爵的這句話其實不是對塞卓克說，而是說給自己聽。

伯爵從未覺得塞卓克如此惹人憐愛、如此珍貴。

無論發生任何事，他都不願意放棄這個可愛的孫子，即使用盡所有的力氣，他都願意為了塞卓克而戰。

自稱是方特洛伊公子母親的那名女子，在跟哈維生先生見面之後過了五、六天，便逕自帶著她的孩子來到城堡，但馬上就被人請出去。

負責守門的托馬斯一回到傭人房就說：

「我在這裡工作了這麼多年，一個人的家教好不好我一眼就看得出來。要是有人說她是淑女的話，我敢說那個人一定是瞎了眼。

「相較之下，克特小築的夫人才是真正高尚的淑女，我第一眼就看出來了。

「我第一次拜訪克特小築，就這麼跟亨利說了。」

哈維生先生跟那名女子見過幾次面，發覺她非常粗俗、傲慢、暴躁易怒，也不如想像中的聰明、大膽。

哈維生先生發現她有點後悔挑戰這麼大的事，漸漸顯露出膽怯。

她來到城堡，吃了閉門羹，便退縮了。見到她如此反應，哈維生先生說服不情願的伯爵，一起前往那名女子投宿的旅館找她談判。

一到旅館，伯爵逕自大步走進房間內，用他那看上去令人倍感威嚴的眉毛下銳利的眼睛直直盯著那名女子。

那眼神就像看到什麼骯髒東西似的，他一句話也不說，只是任由女子辯駁。

等她說累之後，伯爵才緩緩開口：

「你自稱是我長子的妻子，哼！我不得不承認，你果然很像畢比斯會選的女人。若是如此，你的孩子就是方特洛伊公子。

「關於這件事，我們會確實調查，若你說的是真的，那將來事情該怎麼辦就怎麼辦。

「我死後，就算不願意，多林克特城也會是你們的。不過，只要我還活著，我無論如何都不想再見到你還有你的孩子。」

說完後，他又像進來時一樣，大步走出去。

沒過幾日，艾羅爾夫人正在起居室寫字時，女僕前來通知有訪客來訪。年紀尚輕、沒見過什麼世面的女僕一臉驚訝的瞪大眼睛、聲音顫抖的說：

「那個……夫人，伯爵來訪。」

艾羅爾夫人前往會客室一看，一位白色鬍鬚的威嚴老人站在虎皮地毯上。

「你就是艾羅爾的妻子吧。」

「是的，我就是。」

「我是多林克特伯爵。」

伯爵說完後，忍不住盯著抬頭望向自己的艾羅爾夫人的那雙眼睛。那是一雙跟塞卓克一樣溫柔的眼睛。

「那孩子跟你很像。」

伯爵冷冷的說道。

「雖然大家都這麼說，但我很慶幸那個孩子更像他的父親。」

艾羅爾夫人溫柔的聲音與坦率的態度，使她顯得十分優雅、沉穩，並沒有一絲因為伯爵的突然到訪而慌亂的樣子。

「是啊，他跟我兒子也很像。那麼，你知道我今天為何前來嗎？」

「是的，我已經從哈維生先生那邊聽說了。」

「我會要人仔細調查，盡可能跟對方爭到最後一刻。在法律允許的範圍內，盡我所能的守護那個孩子，今天我來就是為了跟你說這件事。」

艾羅爾夫人溫柔的打斷伯爵的話，

「就算法律允許，如果是那孩子不該得的東西，請您不要給予他。」

「但是，令人難過的是，連法律也無法保護那個孩子，反而是那個可惡的女人和她的孩子……」

「不過，那位女士應該也像我疼愛塞卓克那樣疼愛自己的孩子吧。如果那位女士是您長子的妻子，那麼，方特洛伊公子就應該是那孩子，而不是塞卓克。」

艾羅爾夫人一點也不懼怕伯爵。

伯爵非常中意這一點。以往，幾乎沒有女人有勇氣像這樣與他對話，這讓伯爵覺得非常稀奇。

「這麼說來，你覺得不讓塞卓克成為多林克特伯爵比較好嗎？」

聽到伯爵的話帶著苦澀，艾羅爾夫人的臉頰泛紅，

「我很清楚成為多林克特伯爵是多麼了不起的一件事，但是我最大的期望是希望那孩子能像他去世的父親一樣，成為一個有勇氣並且熱愛正義的人。」

「原來如此，是跟我完全不一樣的人吧。」

伯爵自嘲的說道。

「請您見諒，我還不是很了解您是怎麼樣的人，但是塞卓克……」

她突然不說話，靜靜的凝視著伯爵後緩緩開口說道：

「我很清楚那個孩子有多麼仰慕他的祖父。」

「是嗎？如果那孩子知道了我不讓你入城的理由，他還會如此仰慕我嗎？」

「不會，而我正是因為擔心這一點，才不讓他知道。」

「在那樣的狀況下，很少有人不把這件事說出來吧。」

伯爵一臉冷淡的說道，一邊拉著他那看上去頗令人感到威嚴的鬍子，在房間裡踱來踱去。

「沒錯，那孩子愛我，我也愛他。以前我不曾愛過任何人，可是，打從第一眼開始我就喜歡那個孩子。

「我年紀大了，對人生也厭倦了，此時他的出現，給了我活下去的力量。

「他讓我相當引以為豪。一想到那孩子有一天會繼承我的爵位，成為這座城堡的主人，我就好滿足。」

伯爵說後，停在艾羅爾夫人的面前。

「現在的我，真的很痛苦，非常痛苦。」

仔細一看，那個高傲的伯爵竟然無法壓抑音調的抑揚頓挫和手的顫抖，而那雙銳利凹陷的眼睛，竟然浮現淚光。

「我實在是太痛苦了，才想來這裡吧。我一直憎恨著你，直到發生了這起不愉快的事件，完全改變了我的想法。自從見了那個自稱是畢比斯妻子的討厭女人之後，我就希望能夠見你一面，藉以稍稍撫慰我的心情。因為我的頑固，讓你受苦，我對此感到非常後悔。

「塞卓克很像你。我之所以會來這裡，正是因為那孩子跟你很像，而我也跟你一樣深愛著那個孩子。看在那孩子分上，希望你不要覺得我是壞人。」

伯爵凝視著艾羅爾夫人說道。他雖表現得粗暴焦躁，言詞中卻透露著沮喪與無助，艾羅爾夫人深深被伯爵的話打動了。

她站起身來，將扶手椅往前推說道：

「請您坐下來好嗎？這麼多煩心的事情，一定讓您覺得非常疲憊吧。您一定要打起精神來。」

她體貼的說道。

雖然很少人敢反駁伯爵，更少人會如此溫柔對待他。於是，他順著艾羅爾夫人的話，在椅子上坐了下來。

因為這次的事件，伯爵原本對艾羅爾夫人的怨恨已經減輕了不少。跟那個自稱是畢比斯妻子的女人相比，艾羅爾夫人優雅、美麗、賢淑，兩人簡直是天地之別。

待了一陣子之後，伯爵在安穩的氣氛包圍下，原本的抑鬱一掃而空，心情變得開朗起來，繼續說道：

「無論發生任何事，我都不會讓那個孩子難過，今後我也絕對不會讓他的生活有任何不適，你也不用擔心。」

說完後，他起身環視四周，

「怎麼樣，你喜歡這間屋子嗎？」

「是的，我非常喜歡。」

「這裡待起來相當舒服。」伯爵說。「我可以偶爾來這裡，跟你說說話嗎？」

「非常歡迎，歡迎您隨時前來。」夫人回答。

不久，伯爵就搭馬車回去了，托馬斯跟亨利目睹這一切的經過，驚訝得連下巴都合不攏了。

迪克的援助

關於由誰來繼承方特洛伊公子頭銜的問題，不僅是英國的報紙，就連美國那邊也開始報導，這條新聞讓兩國人民傳得沸沸揚揚。

霍布斯先生讀了太多份的報紙，每家寫的內容都不盡相同，弄得他頭昏腦脹。比方說，有報紙說塞卓克是大學生，也有的說是剛出生不久的小嬰兒，可竟然沒有任何一家正確寫出他是七、八歲的孩子。除此之外，還有很多錯誤的消息。

霍布斯先生白天讀遍各家報紙，一到晚上，就跟迪克一起討論。

兩人漸漸明白多林克特伯爵擁有龐大的財產和廣大的領地，住在豪華的城堡裡，不禁感到十分興奮。

「我說啊，我們一定要幫塞卓克想個方法才行。這麼多財產，可不能白白被別人拿走。」

雖說如此，兩人能做的也只是寫信，傳達他們不變的友情以及體貼的心意。

兩人馬上動筆，然後再彼此交換來看。

迪克的信上這麼寫著：

我跟霍布斯先生都收到你寄來的信了。真遺憾你的運氣不好，不過，你一定要好好振作，不要被那些壞人打倒了。

就算狀況真的太糟，你也隨時可以回來美國，要不就跟我一起做生意如何？現在景氣很好，我相信不會太辛苦。

我絕對不會忘記你對我的好。今天就寫到這裡。

迪克

霍布斯先生的信如下：

敬啟者

接獲您的來信，得知事態確實非常嚴竣。我深信這定是某些人的企圖，切不可任憑他們為非作歹。我定將調查此事，但請您務必保密。近日我將諮詢律師，盡我所能祝您一臂之力。若事情不順利，我們不敵伯爵那群人的邪惡力量，就等您長大，我們共同經營食品雜貨店也好。

賽萊斯・霍布斯　敬上

兩人互相讀了對方的信之後，相視一笑。

「嗯，這樣很好。假使那孩子真的當不成伯爵，就讓我們一起照顧他吧。」

霍布斯先生說道。

「沒錯。為了塞卓克，我什麼都願意做。像他那麼討人喜歡的孩子，可不是到處都有的。」

迪克回應。

隔天早上，迪克的客人，也是一名近日新開設事務所的年輕律師為他帶來始料未及的變化。

這位律師雖然貧窮，卻是個開朗直率的好青年。他在迪克擦鞋店的隔壁開了一家陽春的事務所，穿的雖是一雙容易進水的便宜貨，但還是每天都來讓迪克擦鞋。青年律師總是和迪克輕鬆談話，也常常跟他開開玩笑。

那天早上，青年律師將鞋子放在擦鞋檯上時，手裡拿著報紙讀著，待迪克擦完鞋之後，他將剛讀完的報紙遞給迪克說道：

「迪克，這報紙就送你，你去吃早餐的時候可以看看。上面有英國的城堡還有英國伯爵兒媳婦的照片，是名年輕美麗的女士——她的頭髮還真烏黑茂密啊。這件事情現在成了大新聞，你也應該跟貴族或紳士什麼的多親近親近一些。首先，就從跟多林克特伯爵還有方特洛伊夫人做朋友吧。」

迪克接過報紙，瞄了一眼，突然「啊」的大叫一聲，接著眼睛跟嘴巴張得好大，臉色發白。

「怎麼了，迪克，你幹嘛那麼驚訝？」

迪克說不出話，只是沉默的指著報紙上的照片。那張照片旁附加了說明文字：

「方特洛伊公子之母」。

那是一名大眼睛，一頭茂密的頭髮編成粗辮子盤在頭上的美麗女子。

「律師，如果您說的是這名女士，我可是比您更清楚她是什麼人。」

年輕律師大笑說道：

「迪克，你在哪裡見過這名女士？是別墅林立的新港區嗎？還是你去過巴黎？」

但是，迪克一副沒聽進這玩笑的樣子，一點都不覺得好笑，忙著整理刷子、碎布、還有鞋油等四周的物品。

「哪裡都無所謂，我認識這個女人。總之，今天我要提早打烊了。」

五分鐘不到，迪克已經朝著霍布斯先生的店奔去。

霍布斯先生在櫃檯看到迪克突然跑進來，嚇了好大一跳。

狂奔而來的迪克一邊喘著氣，一邊將報紙丟在櫃檯上，說不出話來。

「發生什麼事了？迪克，你拿了什麼來？」

霍布斯先生問道。

「你看看這個，照片上的這個女人。就是她，怎麼可能是貴族。」

迪克喘著氣大叫：

「這女人怎麼可能是貴族的夫人？我敢以我的性命掛保證，這女人就是我大哥班的妻子敏娜。她是敏娜沒錯，無論她去到哪裡我都認得出來。班也一定可以馬上認出來。如果不相信，可以去問班。」

霍布斯連忙從椅子下來。

「我知道了！這個女人是個騙子，她的孩子是美國人，這一切都是他們的詭計！」

迪克大叫：

「一定是這樣沒錯！這的確是她會做的事。

「看到這張照片的時候，我突然想起一件事。之前在報紙讀到，不是說她的孩子下巴有一道傷痕嗎？哼，如果那個女人說她兒子是貴族的小孩，那我不就也是貴族了。那孩子是班的兒子——那道傷痕，就是之前她朝我丟盤子，結果砸到那孩子造成的。」

迪克原本就很聰明伶俐，在城裡做生意之後，他的腦袋更加靈活。他馬上動筆寫信，並附上那張照片的剪報一起寄給班。霍布斯先生則忙著寫信給塞卓克和伯爵。

此時，迪克又想到了一個點子。

「給我這份報紙的是一位律師，我們不妨去問問他，這件事該怎麼辦才好。」

霍布斯先生一聽，不禁對迪克靈光的腦袋，以及迅速確實的應對方式感到非常佩服。

「你說得很對，這種事情詢問律師意見是最恰當的。」

於是，兩人急急忙忙趕往市中心，然後把這起事件的巧合之處告訴青年律師哈里遜。

哈里遜嚇了好大一跳，身子不自覺的前傾。他畢竟是個剛開業的新手律師，態度很積極熱心。

霍布斯先生豪氣的對他說：

「律師先生，我是布朗克街角那家食品雜貨店的店主賽萊斯．霍布斯。無論花多少錢都沒關係，請您詳盡調查，律師費由我來付。」

哈里遜興奮的說道：

「我當然會好好調查，這可是不得了的大事。對方特洛伊公子來說固然是，對我而言更是。著手調查這件事，也沒有什麼壞處。況且，後來出現的那個孩子身上的疑點也很多，年紀看起來跟那名女士聲稱的似乎有些出入……。

「我想首先，我們要先寫信給班先生，以及伯爵家的律師。」

於是，律師馬上寫了兩封信，一封寄往英國，另一封送往加州。第一封信的收信人是哈維生先生，另一封信的收信人則是迪克的哥哥——班傑明．狄普頓。

那天晚上收店之後，霍布斯先生跟迪克兩人在店裡聊到深夜。

真相大白

人們的命運經常在轉瞬間改變。塞卓克的命運也在短短的時間內產生劇烈的變化。

這起意想不到的事件之所以可以如此迅速解決，是因為那名自稱畢比斯夫人的女士雖然策劃了滔天陰謀，可是她卻不如自己想像的聰明，關於結婚、孩子的事，在哈維生先生嚴厲的詰問之下，她的說詞出現了一、兩項破綻，引起了哈維生先生的懷疑。

當哈維生先生指出了幾個疑點之後，她驚慌失措，甚至惱羞成怒，反而更是破綻百出。

露出破綻的地方，全都跟孩子有關。跟畢比斯結婚、爭吵、拿了分手金之後離開，到這裡應該都還沒有問題，但是她的孩子在倫敦出生這一點，哈維生先生已拆穿那是她的謊言。

就在此時，來自紐約的哈里遜律師和霍布斯先生的信送達到多林克特城裡。這兩封信的到來，引起了極大的騷動。事態就此大逆轉，也不怎麼令哈維生先生意外了。

那天晚上，在多林克特城的書房內，伯爵和哈維生先生深談到了午夜時分。

「跟那位女士見了三次面，我就開始覺得很可疑。」

哈維生先生說。

「我覺得那孩子的年紀似乎比她說的還要大一些，問她孩子的出生年月日，她也說錯，緊接著又馬上改口，這一點讓我更加懷疑。」

「嗯。」

伯爵一臉滿意的點了點頭。

「從美國寄來的信更是釐清了我原先覺得奇怪的兩、三項疑點。」

「那麼，接下你預備怎麼做？」

「最好的方法，就是不要告訴她有這件事，馬上發**電報**，把迪克兄弟接來，在她不知情的狀況下，讓他們跟她見面。

「她雖然策劃了這樣的陰謀，可是她腦袋不怎麼好，突然要她說實話，她一定會露出狐狸尾巴來。」

哈維生先生深思熟慮的說道。

他的計畫相當成功。

他們並沒有對那位女士提到信的事情，只是像往常那樣，由哈維生先生偶爾拜訪她，詢問一些不痛不癢的問題。

她越來越放心，心想照這個樣子下去，一切一定會順利依計畫進行。因此，這名原本就不太聰明的女士變

電報

利用電信將訊息傳送到遠方的人手邊的通信方法。當時由電報局或郵局將送信人的簡短文章轉換成符號送出，等到了附近的電信局或郵局之後，再翻譯成文章交給收信人。是電話普及之前，經常使用的聯絡方法。

得越來越放心大膽起來。

某天早上，她正描繪著猶如美夢般幸福的美好未來，心情相當愉快。此時，突然有人告知哈維生先生前來拜訪。

跟隨在哈維生先生之後的，是迪克、班、多林克特伯爵三人。

「啊！」

她忍不住跳了起來，因驚訝加上恐懼，不禁失聲尖叫。

看到眼前的迪克跟班，她發現已有好長一段時間沒有想起這對兄弟，就算曾經想過，她也認為這兩人在千里之外的遙遠國度。

沒想到，這對兄弟竟然突然出現在眼前，而她的驚訝與慌張，真是難以用言語形容。

迪克看到她，露出一抹冷笑說：

「好久不見，敏娜。」

班則是默默將兩手插在口袋裡，站在原地動也不動，直盯著她看。

哈維生先生用冷靜的聲音問道：

「你們認識她嗎？」

班咬牙切齒的說：

「是的，我認識她，我想她應該也認識我吧。」

說這話時，他露出嫌惡的表情，轉身背對她，看向窗外。

此時，這名叫敏娜的女士發現計畫已經被拆穿了，她親手導的這場戲，眼看就要失敗了。

她惱羞成怒，瘋狂的怒罵班和迪克兩兄弟，這副情景對兩兄弟來說，似乎也習以為常。

迪克反倒露出笑容，欣賞著眼前的敏娜撒野，班則連看也不看她一眼。

「如果是她，無論是哪裡的法庭，我都願意站出來作證。如果有需要的話，我還可以請好幾個人當證人。

「她的父親雖然貧困潦倒，卻不曾做個傷天害理的事，一直以她為恥。

「只要去問問她的父親，就可以知道她是什麼樣的人了。比方說，她曾跟我結婚的事，他全都會一清二楚的告訴你們。」

班對著哈維生先生說完這些話之後，突然握緊拳頭，憤怒的朝她大吼：

「孩子在哪裡？我要帶他走，你最好把孩子交出來。從今天起，我和那個孩子就跟你一刀兩斷、再無瓜葛。」

班說這番話的時候，跟隔壁房間相連的門稍稍打開，有個孩子一臉驚訝的望著這裡。

那個孩子雖然長得不俊俏，卻很可愛，跟班很像。他的下巴，有一道三角形的疤痕。

班一看到這個孩子，連忙走到門邊，牽起孩子的手，將他帶進房裡。

「就是這個孩子，他是我的兒子沒錯，他也可以當證人。

「過來吧，湯姆，我是你爸爸，我是來帶你離開的，你的帽子在哪兒？」

湯姆一臉開心的指著掛帽子的地方。這段期間，這孩子一直被迫面對所有意想不到的事件，現在突然出現不認識的人說是他的父親，他卻一點也不驚慌，反而一臉開心的走向班。

之所以會這樣，都是因為這個宣稱是他母親的人幾個月前才突然來到他被安置的地方，強行將他帶走。在孩子幼小的心靈中，她簡直是令人討厭得不得了。

班拿起帽子，對著哈維生先生說：

「如果您還有需要的話，請聯絡我，您知道我住在哪裡。」

語畢，他牽起孩子的手，看也不看敏娜一眼，快步離開。

敏娜越加憤怒失態，伯爵從**鼻眼鏡**深處一直瞪著她。

最後，哈維生先生用冰冷的語氣說道：

鼻眼鏡

利用彈簧夾在鼻梁上的眼鏡。當時，只有一邊鏡片的單眼眼鏡（monocle）被當成男性的時髦道具，特別是貴族、外交官、軍官等喜愛使用。

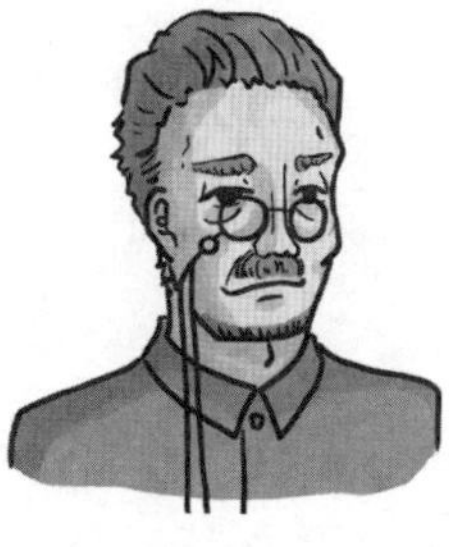

「真是太不像話了。我勸你現在還是趕快收手，不要驚動到警察，還是你想被關入牢裡？」

此時，她也知道事情已沒法挽回。既然如此，逃走是最好的對策。她惡狠狠的瞪了哈維生先生一眼，跌跌撞撞的衝進隔壁房間，砰的一聲用力關上了門。

「這麼一來，事情全都解決了。我想，應該不會再有任何麻煩了。」

哈維生先生說道。

果然如他所料，敏娜當晚便逃離旅館，搭上前往倫敦的火車，再也沒有出現在多林克特地區。

伯爵等這一切結束之後，立刻搭上馬車，吩咐托馬斯：

「到克特小築。」

「唉呀，竟然說要去克特小築！看樣子風朝著我們無法預期的方向吹去了呢。」

托馬斯一邊準備出發，一邊低聲對車伕說道。

馬車停在克特小築前，塞卓克和艾羅爾夫人正坐在會客室裡靜靜說著話。

伯爵不經人帶領便直接走了進來。

一眼望去，他的身軀看起來比平時還要高大，凹陷的雙眼閃耀著活力的光芒。

「方特洛伊公子在哪裡？」伯爵說道。

艾羅爾夫人紅著臉，往前走近，再次確認問道：

「這孩子還是方特洛伊公子嗎？是真的嗎？」

伯爵伸出手，緊緊握住艾羅爾夫人的手說：

「沒錯，這是真的。塞卓克就是方特洛伊公子。」

接著，伯爵走近塞卓克，將手放在他的肩膀上，輕喚：

「方特洛伊。」

接著用充滿力量的聲音說道：

「你問問你的母親，什麼時候可以來城堡，跟我們一起住。」

塞卓克抱住母親的脖子大喊：

「媽媽，我們可以一起生活了。永遠永遠，一直在一起！」

伯爵看著艾羅爾夫人。

夫人也看著伯爵。

伯爵之前就想提議這件事，只是他覺得應該先跟夫人和好才是。

「我真的可以過去嗎？」

艾羅爾夫人以一貫溫柔的聲音，帶著甜美的微笑問道。

害羞的伯爵故作冷淡的說：

「當然可以！一開始就該這樣做才對，請你一定要來城堡跟我們住在一起。」

塞卓克的八歲生日

班帶著他的孩子湯姆回到加州的牧場，過著比去英國之前寬裕的生活。

就在班要離開英國時，哈維生先生趕來告訴他，多林克特伯爵想為這個差一點就成為方特洛伊公子的孩子盡一份心力，於是在加州買下一座農場，交給班負責管理，並付他很高的薪水，希望他能夠為湯姆的將來好好打算。因此，班成為了牧場的管理者（且這座牧場將來也會屬於他），回到了美國。

湯姆打從心底喜愛父親，長大之後也成了一名頂天立地的好青年。當然，他們將牧場經營得非常好，父子兩人幸福的生活在一起。

而迪克跟霍布斯先生——霍布斯先生為了親自觀察後續的發展，竟然特地來到了多林克特，他與迪克兩人在英國待了一段時間。

迪克在伯爵的安排之下，接受完善的教育。

霍布斯先生將食品雜貨店託付給可以信賴的代理人，因此可以毫無牽掛的留在英國，打算等慶祝完塞卓克的八歲生日之後再回美國。

塞卓克的生日宴會，領地內所有的人都受到邀請，從早到晚舉辦一連串熱鬧的慶祝活動。

知道這件事時，塞卓克說：

「這簡直就像七月四日的獨立紀念慶典一樣。真可惜我的生日不是七月四日，不然就可以一起慶祝了。」

不過，伯爵跟霍布斯先生一開始並不是那麼親近。

因為伯爵以前沒有機會跟經營雜貨店的人交往，而霍布斯也沒有伯爵這樣的友人，兩人剛認識時，談話都不是很熱絡。而且，霍布斯先生在塞卓克的帶領下參觀城堡時，被城堡的豪華與規模給嚇到了。

看到門口的石獅雕像時，他忍不住瞪大了眼睛；看到優美的林蔭大道，他不禁陶醉在美景中。
接著，再看到美麗的花園、寬敞的露台、養著許多馬匹的馬廄，眼前所見的一切，都讓他驚嘆不已。
看到以前留下來的地牢，更是讓他親身體會到多林克特家的歷史之悠久。就連穿著統一制服的僕人們也讓他感到新奇。
最後，來到**畫廊**時，他已經驚訝到說不出話來了。
「這、這是博物館嗎？」
霍布斯先生問道。
塞卓克被他這麼一問，也不太清楚狀況，只能含糊不清的說：
「嗯，我想應該跟博物館不太一樣，聽說這裡的畫，畫的全都是我的祖先。」

畫廊
用來陳列繪畫等美術品的陳列室。這裡指的是城堡中用來懸掛祖先肖像畫的房間。

「什麼？你的祖先嗎，我的老天爺啊？」

霍布斯先生非常驚訝，在那些畫前駐足良久。

塞卓克告訴霍布斯先生他所知道的，但其實有很多事情連他也不太清楚，無法向霍布斯先生說明。

於是，塞卓克請來麥倫夫人來為霍布斯先生解說。麥倫夫人替他導覽，說明哪幅畫是何時的哪一位先人，還說了許多關於畫上這些伯爵、伯爵夫人的趣事。

霍布斯先生聽了相當感動，更加喜歡這個畫廊。後來，他每天都從投宿的旅館來到城堡，花很長一段時間待在畫廊裡。

就這樣，霍布斯先生越來越了解英國貴族的生活以及規矩。奇妙的是，他不再像之前那樣討厭伯爵跟公爵這類的人了。

有一天，霍布斯先生甚至親口說出令人出乎意料的話：

「如果我能成為伯爵，看來也不算是什麼壞事呢。」

這句話對霍布斯先生來說，算是最大的讓步了。

到了塞卓克生日的那天，相當熱鬧。盛裝打扮的人群、色彩繽紛的帳篷、城牆上翩翩飛揚的旗海、精心裝飾的美麗寬廣庭園，這一切都讓人眼花撩亂，美不勝收，塞卓克開心極了。

草地上、樹蔭下、帳篷裡，聚集了滿滿的人潮。羅利得爵士夫婦、哈維生先生、還有一身純白禮服的薇薇安．赫伯小姐全都來了。

大家都想來見塞卓克和他母親，並向伯爵道賀。

薇薇安．赫伯小姐抱著她最喜歡的塞卓克，溫柔的親吻他，向他道賀說道：

「啊，方特洛伊公子，我最喜歡的小公子。這真是太好了，我真為你感到開心。」

接著，兩人四處走走逛逛。

來到霍布斯先生跟迪克面前，塞卓克對薇薇安小姐介紹說道：

「他們是我的老朋友霍布斯伯伯跟迪克。我跟他們說過您很漂亮，如果您來參加我的生日宴會，應該就能見到您。」

薇薇安小姐親切的與兩人握手，並和他們聊了許多事情。

兩人都很喜歡薇薇安小姐，著迷的看著她。

迪克後來說：

「我從未見過那麼美麗的小姐，簡直就像**小雛菊**般美麗動人。」他感嘆道。

歡樂的時光一分一秒的經過，塞卓克被無限的幸福包圍。

還有另一個人的幸福感也不輸塞卓克，就是從出生至今一直擁有成堆金山銀山以及至高權力，卻從不曾打從內心覺得幸福的多林克特伯爵。

伯爵現在之所以覺得幸福，應該是如今他的心靈比從前還要溫柔、坦率吧。

小雛菊

菊科多年植物。春至秋季會綻放紅色、粉紅色、白色的花朵，給人楚楚動人、純潔的印象。

一開始，伯爵並非塞卓克所想的那般正直善良，但是接觸到塞卓克那顆天真無邪、體貼溫柔的心之後，他的心也跟著慢慢地變得柔軟、溫暖、平和，開始覺得每一天過得既快樂又充實。

就像喜歡孫子塞卓克那樣，老伯爵也漸漸對他的媳婦艾羅爾夫人感到滿意。當伯爵看到夫人與塞卓克說話的樣子，他終於知道為何塞卓克即使在紐約的一角出生長大，跟雜貨店的老闆、擦鞋匠為友，還能成為優雅且討人喜歡、就算住在英國的城堡裡，將來繼承伯爵的爵位也絲毫不遜色的傑出孩子。

理由非常簡單，因為他是由體貼溫柔的母親精心扶養長大，心裡總是銘記著要永保一顆溫暖的心，以及體貼待人。正因為塞卓克知道如何去愛，也總是受人疼愛。

這一天，在慶生會上，塞卓克穿梭在親朋友好間，向大家行禮，跟母親還有薇薇安小姐聊天說話，跟在伯爵的身邊，度過了愉快的一天。

精心烹調的美味食物如流水般不斷送上，人們紛紛舉起酒杯，為祝福塞卓克而乾杯。

每一個人都比以往還要衷心的祝福伯爵和小公子的健康，為了他們的幸福而舉杯。歡聲響起，酒杯互碰的熱鬧聲響傳來，眾人紛紛鼓掌。

眾人之中，有一、兩位善良的女士溫柔注視著站在伯爵和母親之間一臉幸福的塞卓克，眼泛淚光說道：

「可愛的方特洛伊公子，願上帝賜福於你。」

塞卓克歡欣雀躍的微笑，並向眾人行禮，開心興奮得滿臉通紅。

「媽媽，這些人都喜歡我嗎？是這樣嗎？」

他對母親問道。

伯爵將手放在他小小的肩膀上，輕聲說道：

「來吧，方特洛伊，向大家的親切致敬吧。」

塞卓克看了祖父一眼，接著又看了看母親，有點害羞的問道：

「媽媽，那我需要說些什麼嗎？」

艾羅爾夫人和薇薇安小姐一齊點頭，對他報以微笑。

於是，塞卓克向前跨了一步，用他那童稚清澈的聲音高聲說道：

「我想跟大家說聲謝謝。我今天非常開心，希望大家也能開心。

「還有，我很高興將來能夠成為伯爵。一開始雖然不這麼認為，但是我現在覺得這是一件很棒的事。

「我很喜歡這裡，這裡真的非常美麗。

「等我以後成為伯爵之後，我也要成為像爺爺這麼好的伯爵。」

語畢，眾人的歡呼聲和掌聲響起，塞卓克退回原本的位置，呼的長長吐了一口氣。然後他抓著伯爵的手挨近他，微笑的站著。

故事到此即將落幕，最後還要告訴大家一件不可思議的事情。

是有關霍布斯先生的事。他竟然因為太喜歡貴族的生活，而且也捨不得離開塞卓克，所以決定賣掉在紐約的雜貨店，在阿爾波諾地區落腳開店。他新開的雜貨店廣受當地人的喜愛，生意非常好。

霍布斯先生跟伯爵雖然不是很親近，但現在霍布斯先生每天起床後會先閱讀宮廷報紙，簡直比伯爵還更清楚了解他的貴族朋友們。

十年後，迪克從學校畢業，決定前往加州拜訪好久不見的哥哥。

迪克前往霍布斯先生的店，問道：

「霍布斯先生，您想不想回美國呢？」

這位善良的雜貨店老闆皺著臉搖頭說：

「不了，不了，我再也不想回去那邊了。我打算就這樣一直待在塞卓克身邊照顧他。美國對於年輕、今後大有可為的人來說非常適合，但也不是沒有缺點，首先就是，美國沒有祖先，也沒有伯爵。」

（完）

與《小公子》三次相遇　感受溫柔包容，看見愛的奇蹟

——陳瀅如（兒童文學工作者）

至今還可以哼唱出小時候喜愛的卡通主題曲，「莎拉公主耶耶耶～莎拉公主耶耶耶～心地光明，玉潔冰清，莎拉公主……樂善好施，愛人以德，莎拉公主……」。

《莎拉公主》是當時孩子們愛看的卡通，伴隨著許多孩子長大，帶給大家勇氣與希望去面對困難、為夢想努力。同一個時空下，依稀記得讀過《小公子》的故事書，後來查證是大眾書局版幼年文藝叢書系列。不過，當時自己的腦海中，滿滿縈繞著《莎拉公主》主題曲的旋律，這是第一次讀過《小公子》卻不太相識的回憶。

前往日本學習兒童文學時，發現多堂課提及《小公子》，原來這是作

者法蘭西絲・霍森・柏納特夫人為兒童書寫故事的出發點，讓當代一般民眾更正視兒童劇的存在，還翻拍成電影和動畫，已被翻譯成數十種語言，從一百多年前陪伴孩子到現在。發現法蘭西絲筆下的《小公主》就是兒時重要陪伴的卡通《莎拉公主》的原作！《小公子》和《小公主》、甚至是我愛讀的《祕密花園》原來都出自同一位作者，真是美麗的再相遇啊！

也開啟了尋找《小公子》足跡之旅。得知日本諾貝爾文學獎得主川端康成曾親自翻譯《小公子》，此譯本成為奇幻小說《十二國記》作者小野不由美小時候反覆閱讀的喜愛作品，她述說著《十二國記》中的小泰麒這個角色，可說深受《小公子》塞卓克的影響。（「採訪小野不由美《十二國記》的世界」《波》二〇一九年十一月號）

越了解法蘭西絲的生平逸事，越覺得她真是一位真性情、富行動力、開朗勇敢活在每個當下的人。即便四歲喪父，爾後舉家從英國搬遷到全新國度美國，原本希望全新開始確是一場空……等，從小經歷巨變、處境貧困，這都沒打倒她，逆境中還能朝著向陽面生長出枝枒。從三歲識字開始，她廣泛閱讀，最喜愛自己編說故事給身旁好友們聽；十三歲時感受到寫作的樂趣，書桌抽屜裡總是塞滿寫好的故事，十七歲為了幫助家計開始投稿，正式開啟創作人生。當她聽到小兒子問了父親：「英國的伯爵是什麼樣的人呢？」，成為《小公子》創作契機。每寫到一個段落，法蘭西絲就會唸給兩個兒子聽，一邊修掉他們覺得沒那麼有趣的段落，一邊將所見所聞的趣事全都融入《小公子》。

即使當時有評論《小公子》純屬烏托邦世界，根本不存在於現實人生，然而比起可能發人省思的不幸結局，法蘭西絲選擇不強調黑暗面的歡喜結局，認為不要只看不幸，而是要記住人生中幸福快樂的點點滴滴。也許是這一份信念支持著她，方能面對大兒子的不治之症，為了不讓大兒子察覺病情，選擇帶孩子們去世界各地旅行。大兒子辭世後，法蘭西絲以大兒子的名義從事身體障礙兒童募集基金等慈善活動，深深體會她以行動落實對孩子溫柔的愛。被當成是《小公子》主角塞卓克化身的小兒子，也深受母親身體力行的影響，為了拯救遭遇船難的人們而犧牲了性命。法蘭西絲是將自己的生命體驗化作養分，培育出一篇篇感動心扉的故事。

有此寶貴機會書寫出自己與《小公子》的相遇歷程，成為人生中第三次巧遇《小公子》，這才挖掘出這篇作品對自己而言具有不可思議的正向吸引力！細細思考若是遭逢法蘭西絲相同的境遇，是否能像她一樣，勇敢說出希望所有人幸福快樂的想法，堅持創作到人生盡頭呢？也許這些小種子在小時候就偷偷溜進心坎裡。

在課輔和說故事陪伴偏鄉的孩子們時，跟《小公子》學習溫柔的看待每個人事物，對於每個看似刺蝟般防衛心重的人，不戴有色眼鏡或亂貼標籤，真心的陪伴相處，看見那個人的美好與光點。還記得跟偏鄉孩子打勾勾，說好就算不在彼此身邊，只要有關心彼此的心意，天涯也咫尺！我們隔空give me five，為彼此祝福、加油打氣。這群孩子克服環境困難、珍惜每個就讀機會，期盼日後能幫助更多跟自己相同境遇的孩子；我與這群孩子相遇、相互陪伴，一同體驗故事裡蘊含的元氣幸福能量，看見孩子們從中抒發、成長，這成為堅持下去的動力，小小願望是將這撫慰心靈的希望種子傳遞給更多人。

最後也來分享日本《小公子》卡通主題曲：「只要你在，大家心情愉快；只要你笑，大家展現笑容。你將五月陽光般的喜悅帶到我們身邊。（中略）你讓我們體會到無與倫比的愛與勇氣。」

【作者簡介】

陳瀅如

和偏鄉的孩子們約定好要在同一片天空下一起加油打氣，因而前往日本學習喜愛的兒童文學，希冀未來能為孩子盡一份心力。留學期間，親近宮澤賢治的童話文學，效法他將關懷化成行動。

目前從事教育工作、關懷兒童志業。深信繪本童書是親子間最佳溝通橋梁，讓親子關係更親密，亦是大人小孩共享共樂的文學園地。譯作有《為我取個名字》、《我的爸爸》、《阿嬤，不要忘記我》、《橡果與山貓》、《蘋果園的12個月》、《雲上的阿里》、《象爸的背影》、《阿嬤成為阿嬤的一天》、《決定了！你就是我的媽媽》、《媽媽看我！》等。

這套世界文學包含了多元的文化與各地不同的風景與習俗，當你徜徉在《小公子》的故事情節中時，是否也運用了你敏銳的觀察力，發現哪些是與自己的生活很不一樣的地方呢？以下幾個問題將幫助你試著發表自己的心得或感想。現在就讓我們穿越文字的任意門，一起開始這趟充滿勇氣、信心與感動的旅程吧！

問題1　請說出主角的名字，作者用很多詞語來描寫主角的外貌與人格特質，請說出哪些是描寫外貌？哪些是人格特質？你最喜歡主角的哪個特徵？為什麼？

問題2　主角離開故鄉前，用祖父送他的禮物做了什麼？你印象最深的是哪一件？

問題3　伯爵對主角的第一印象是什麼？你覺得又是什麼改變了伯爵？你有什麼破冰的經驗嗎？試著分享自己的故事？

問題4　主角的媽媽為什麼說「成為一個偉大的有錢人不容易？」如果可以，你最想如何改變世界呢？說說看自己的想法？

問題5　本書的作者是誰？還有其他作品嗎？說說看有自己最喜歡哪一個故事？為什麼？

日文版譯寫者
村岡花子
翻譯家、兒童文學家。

一八九三年生於山梨縣，東洋英和女校高等科畢業，一九二七年起投入譯介兒童文學的工作，作表作品為蒙哥馬利的《紅髮安妮》系列，與柏納特的《小公子》、《小公主》等。

中文版譯者
蔡幼茱
1979 年出生，高雄人。淡江大學日文系，日本東北大學文學部碩士。譯有《閉經記》等作品。

封面繪圖：Lynette Lin
封面設計：倪龐德
彩圖 :Mori Chiang
地圖與註解小圖繪製：小威

小公子
Little Lord Fauntleroy

作者：法蘭西絲．霍森．柏納特（Frances Hodgson Burnett）
譯者：蔡幼茱

社長：陳蕙慧
副總編輯：戴偉傑
特約編輯：王淑儀

讀書共和國出版集團社長：郭重興
發行人兼出版總監：曾大福
出　　版：木馬文化事業股份有限公司
發　　行：遠足文化事業股份有限公司
地　　址：231 新北市新店區民權路 108-4 號 8 樓
電　　話：(02)22181417　　傳　　真：(02)8667-1891
Email：service@bookrep.com.tw
郵撥帳號：19588272 木馬文化事業股份有限公司
客服專線：0800221029
法律顧問：華洋國際專利商標事務所 蘇文生律師
內頁排版：中原造像股份有限公司
印　　刷：中原造像股份有限公司
小木馬悅讀遊樂園：http://www.facebook.com/ecuschildren

初版：2021 年 7 月
定價：300 元
ISBN：978-986-359-972-2

國家圖書館出版品預行編目（CIP）資料

小公子／法蘭西絲．霍森．柏納特（Frances Hodgson Burnett）作；蔡幼茱譯．-- 初版．-- 新北市：木馬文化事業股份有限公司出版：遠足文化事業股份有限公司發行，2021.07

面；　公分（小木馬文學館；19）

譯自：Little Lord Fauntleroy

ISBN 978-986-359-972-2（平裝）

873.596　　110008543

我的第一套

世界文學

在故事裡感受冒險、正義與愛

日本圖書館協會、日本兒童圖書出版協會、日本學校圖書館協會

——共同推薦優良讀物——

精選二十四冊、橫跨世界多國的文學經典名著

好的文學作品形塑涵養孩子的品格力與人文素養

勇氣・善良・夢想・行動・智慧・思辨……

希臘神話（希臘）
悲慘世界（法國）
唐吉訶德（西班牙）
偵探福爾摩斯（英國）
格列佛遊記（英國）
湯姆歷險記（美國）
莎士比亞故事（英國）
小婦人（美國）
紅髮安妮（加拿大）
長腿叔叔（美國）
魯賓遜漂流記（英國）
三劍客（法國）

小公子（英國）
俠盜羅賓漢（英國）
三國演義（中國）
西遊記（中國）
金銀島（英國）
阿爾卑斯少女（瑞士）
聖誕頌歌（英國）
十五少年漂流記（法國）
傻子伊凡（俄國）
愛的教育（義大利）
黑貓（美國）
少爺（日本）

出版順序以正式出版時為準。